Tanja Janz

Mit dir auf Düne sieben

Roman

mtb

MIRA® TASCHENBUCH
Band 26026

2. Auflage: April 2019

Dieses Werk wurde vermittelt
durch die Literaturagentur Scritzz, Berlin

Umschlaggestaltung: büropecher, Köln
Umschlagabbildung: Hemera, bluejayphoto, abadonian/Thinkstock
Redaktion: Friderike Baum
Satz: GGP Media GmbH, Pößneck
Printed in Germany
Dieses Buch wurde auf FSC®-zertifiziertem Papier gedruckt.
ISBN 978-3-95649-711-7

www.mira-taschenbuch.de

Werden Sie Fan von MIRA Taschenbuch auf Facebook!

Für alle,
die an die große Liebe glauben.

Der Traum vom Fliegen
Die hohen Wellen zu reiten
Sich für immer zu lieben
Durch alle Gezeiten

Alles was groß ist, wirklich endlos ist
Braucht unser'n Mut
Und alles wird gut
Nur solange man tut

Sag ja – Sag ja – mit jedem Schritt
Sag ja – Sag ja – zu deinem Glück
Sag ja – ja – weil es dein Leben ist

Komm lass uns türmen
Allen Zweifeln entgegen
In jeden Sturm stürmen
Auf all unseren Wegen

Alles was groß ist, wirklich endlos ist
Braucht unser'n Mut
Und alles wird gut
Nur solange man tut

Songtext: Sag ja von Samuel Anthes

Zwei Jahre zuvor

„Du siehst wirklich wunderhübsch aus“, sagte Gabi begeistert, trat einen Schritt zurück, um mich besser betrachten zu können. Sie lächelte mich an, und ich glaubte, es trotz meiner Kurzsichtigkeit in ihren Augenwinkeln verdächtig schimmern zu sehen. Dann blinzelte sie schnell ein paarmal hintereinander, pustete sich eine Ponyfranse aus dem Gesicht, seufzte kurz auf und fuhr fort, mein Haar mit einem Glätteisen zu bearbeiten.

Ich setzte meine Brille auf, blickte in den Spiegel und versuchte zum einen, den Grund ihrer Begeisterung, und zum anderen, den für ihr Seufzen zu entdecken, was mich ehrlich gesagt mehr beunruhigte. Vor allem heute, am schönsten Tag meines Lebens – das sollte er zumindest werden. Selbst das Datum hatten Gabi und ich nicht dem Zufall überlassen, wenngleich es für Klaas nicht so wichtig war, wann das Fest stattfand, er beschäftigte sich eher mit den Kosten, die für mich wiederum nicht im Vordergrund standen. Für mich war von Anfang an klar gewesen, es musste ein Tag im Wonnemonat Mai sein. Ein Tag, an dem es möglichst wenig oder noch besser gar keinen Regen in den letzten Jahren gegeben hatte. Immerhin wollten wir draußen feiern und nicht im Friesennerz und gelben Gummistiefeln durch Regenpfützen waten. Doch es erwies sich als gar nicht so leicht, herauszubekommen, wie es um die Niederschläge der letzten Jahre bestellt gewesen war. So kam es, dass Gabi und ich schließlich ein eigens kreiertes Wetterorakel entscheiden ließen und ich einen der Zettel zog, auf denen sich die Zahlen von 1 bis 31 befanden. Ich zog die 14, und somit stand fest, dass die große Sause am 14. Mai steigen würde. Wir hatten Glück, dass wir für den Tag einen Termin beim Standesamt in Eiderstedt bekommen hatten. Wir ließen unsere Beziehungen spielen. Otto Normalverbraucher musste nämlich standesamtliche Hochzeiten mindestens ein Jahr im Voraus terminlich reservieren. Was das Wetter anbelangte, war dieser Tag bis jetzt ein Volltreffer gewesen. Angenehme Temperaturen, ein laues Lüftchen und ein nahezu blauer Himmel gaben unserem selbsterfundenen Wetterorakel recht und versprachen, dass es tatsächlich der schönste Tag meines Lebens werden würde.

Den Auslöser von Gabis Seufzer hatte ich binnen Sekunden ausgemacht. Ich griff zu einer Puderdose und überdeckte mit einer Quaste notdürftig die rötlichen Hektikflecken, die auf meinem Gesicht großflächig erschienen waren. Vorsichtshalber puderte ich auch gleich meinen Hals und das Dekolleté ab. Schließlich konnte man nie wissen, bis wohin sich die unliebsamen Flatschen noch ausbreiten würden. Besonders dann, wenn sich mein Lampenfieber noch weiter steigern sollte. Dabei musste ich nur ein einziges Wort sagen. Ja. Mehr nicht. Ich stellte die Puderdose wieder auf den Tisch zurück und blickte erneut in den Spiegel. Sah schon besser aus, fand ich. Mein Blick blieb an der geöffneten Terrassentür im Spiegel hängen, durch die warme Sonnenstrahlen fielen. Eine Brise Seeluft wehte herein, die die hellen Vorhänge wie Segel eines Schiffs aufbauschte. Ich merkte, wie ich mich allmählich etwas entspannte und schaute wieder durch die offene Tür hinaus, die den

Blick auf den idyllischen Garten meiner Eltern freigab, in dem Blumen und Sträucher in voller Blüte standen und sich leicht im Nordseewind hin und her wiegten. Meine Mutter war nicht nur eine passionierte Gärtnerin, sondern eine ebenso leidenschaftliche Anhängerin von Rosamunde Pilcher und hatte das Areal mit allerhand Magnolien und Rhododendren sowie einem kleinen Gartenhäuschen mit großen gläsernen Türen und Sprossenfenstern in ihr persönliches Stück Cornwall verwandelt. Der einzige Unterschied bestand lediglich darin, dass wir uns nicht auf der Halbinsel Cornwall in England befanden, sondern auf der Halbinsel Eiderstedt. Mitten in Schleswig-Holstein, an der nordfriesischen Küste von Deutschland. Doch das konnte man fast vergessen, wenn man nicht genauer hinschaute und hinter dem Gartenzaun nicht auf den mit Gras bedeckten Deich achtete, auf dem einige Schafe seelenruhig Grashalme ausrupften und verspeisten. Hinter dem Wall verborgen erstreckten sich Salzwiesen, an denen ich mich wohl nie sattsehen werden würde, obwohl ich keine Touristin war, die ihren Jahresurlaub in St. Peter-Ording verbrachte, oder extra zum Heiraten hierherkam.

Ich verbrachte schon mein ganzes Leben in St. Peter-Ording und konnte deswegen diesen Anblick jeden Tag aufs Neue genießen. Salzwiesen gab es meines Wissens in Cornwall nicht. Und falls doch, dann hatte Rosamunde Pilcher bisher vergessen, sie zu erwähnen.

„Wusstest du eigentlich, dass die durchschnittliche deutsche Ehe ungefähr 15 Jahre dauert, Henrijette?“, erklang Tante Gertruds Reibeisenstimme, die von einem übermäßigen Zigarettenkonsum herrührte, und riss mich aus meinen Gedanken. Mein Blick glitt zur linken Spiegelhälfte. Die entfernte Cousine meiner Mutter saß leicht gekrümmt auf einem Hocker, der an der Wand stand, und nippte missmutig an einer Kaffeetasse mit Blümchen-Dekor. Auf dem Kopf trug sie einen blauen Hut, den blau-grüne Federn zierten. Das sollte vermutlich festlich aussehen, doch mich erinnerte es unwillkürlich an eine Vogelscheuche. Kupferrote Locken umrahmten ihr Gesicht, und auf der Nasenspitze saß eine in Gold eingefasste Brille mit schmalen Gläsern. Sie starrte wie immer sauertöpfisch drein und ließ dabei ihre Mundwinkel derartig hängen, als gelte es, dafür einen Wettbewerb zu gewinnen.

Gabi bekam, ob Tante Gertruds Frage, spontan einen nervösen Hustenanfall. „Entschuldigung, ich muss mal dringend einen Schluck Wasser trinken", krächzte sie, legte das Glätteisen auf den Tisch ab und verschwand in Richtung Küche.

Ich beobachtete meine Tante weiterhin durch den Spiegel. Sie zupfte sich seelenruhig eine Fluse von ihrem knielangen marineblauen Rock, der vermutlich vor 30 Jahren topmodisch gewesen war. Abgesehen davon, dass mich niemand Henrijette nannte, außer Tante Gertrud natürlich, fand sie wie immer in jeder Lebenslage die passenden Worte, um entweder zuverlässig eine Familienfeier zu ruinieren oder einen Eklat in der Nachbarschaft anzuzetteln. Darauf war stets Verlass. Und so war es – wie sollte es auch anders sein – leider auch heute. Denn welche Braut wünschte es sich nicht, knapp zwei Stunden vor der eigenen standesamtlichen Trauung mit der aktuellen Scheidungsstatistik in Deutschland konfrontiert zu werden?

„Ist das so?", fragte ich betont unbeeindruckt zurück und versuchte mir unter keinen Umständen anmerken zu lassen, dass Tante Gertruds Bemerkung wie ein Stachel in meiner Brust steckte.

„Ja“, bestätigte sie mit weiterhin hängenden Mundwinkeln und nickte dabei wichtig. Dann richtete sie eine mit bunten Strasssteinen verzierte Brosche, die sie am Revers ihrer Jacke befestigt hatte, und stellte die Kaffeetasse neben dem Stuhl auf dem Boden ab.

Dazu muss angemerkt werden, dass Tante Gertrud bisher fünfmal verheiratet gewesen war. Wen wunderte es also, dass sie genau wusste, wie lange eine Ehe dauerte. Doch meine Tante war bislang nie in die Verlegenheit gekommen, sich von einem ihrer Ehemänner tatsächlich scheiden zu lassen. Tante Gertrud hatte sich strikt an den Leitspruch „Bis dass der Tod uns scheidet“ gehalten und alle ihre Ehemänner unter die Erde gebracht – noch bevor einer von ihnen überhaupt an eine Scheidung denken konnte. Ein bisschen merkwürdig war es schon, dass sie so viele Ehemänner überlebt hatte. Und Glück hatte sie auch gehabt, denn sie war bei jedem Todesfall als Haupterbin des jeweiligen Mannes eingesetzt worden. Und da alle gut betucht gewesen waren, hatte sie enorm profitiert. Tante Gertrud war durch deren Ableben ein sorgenfreies Leben beschert worden. Abgesehen von der beeindruckenden Krimisammlung in ihrer heimischen Bibliothek und der auffallend engen Freundschaft mit Petter Grube, dem Inhaber des Bestattungsunternehmens Grube, war sie jedoch stets völlig unverdächtig geblieben.

Wie dem auch sei, für sie schien der Gedanke an eine Hochzeit unweigerlich mit dem einer Trennung oder dem baldigen Ableben des Angetrauten verbunden zu sein. Je mehr ich darüber nachdachte, umso mehr Mitleid empfand ich für Tante Gertrud. Wie schade war es doch, dass eines der schönsten Feste im Leben solch traurige Gedanken bei ihr auslösten. Für mich hingegen war die eigene Eheschließung ein Ereignis, auf das ich mich schon als kleines Mädchen gefreut und das bis heute nichts von seiner Faszination eingebüßt hatte. Im Gegenteil. Im Laufe der Zeit war ich zu einem richtigen Hochzeitsjunkie geworden. Ich liebte Hochzeiten und ließ kein Ja-Wort im Freundes- und Bekanntenkreis aus, zu dem ich eingeladen wurde. Schließlich organisierte ich den Junggesellinnenabschied und die Vermählung meiner Schwester, die nicht nur ein voller Erfolg wurden, sondern mich auch dazu brachten, aus meinem Hobby einen Beruf zu machen und meine eigene Hochzeitsagentur in St. Peter-

Ording zu eröffnen. Praktischerweise hatte sich mein Heimatort in den letzten Jahren zu einem richtigen Mekka für Heiratswillige entwickelt, sodass mich gleich von Anfang an genügend Paare als Hochzeitsplanerin beauftragten. Irgendwann war dann Gabi in St. Peter-Ording aufgetaucht und hatte ebenfalls eine Hochzeitsagentur eröffnet. Was anfänglich nach einer unliebsamen Konkurrenzsituation ausgesehen hatte, entwickelte sich letztendlich zu einem puren Glücksfall. Gabi und ich waren von Anfang an auf einer Wellenlänge gewesen. Sie liebte Hochzeiten ebenso sehr wie ich, war hoffnungslos romantisch und glaubte trotz drei Scheidungen weiterhin an die große Liebe – und hatte vermutlich keinen blassen Schimmer von der aktuellen Scheidungsrate. Ich alleine hätte nie die Hochzeitsanfragen bewältigen können, die stetig mehr geworden waren. Schnell teilten Gabi und ich uns die Organisation von Eheschließungen in und um St. Peter-Ording und boten von der klassischen kirchlichen Trauung bis zur Hochzeit am Strand alles an. Wir kamen uns mit den Aufträgen nicht in die Quere, sondern unterstützten uns gegenseitig. Es war die perfekte Symbiose.

„Es besteht ja auch die Chance, dass Klaas und ich es länger miteinander aushalten. Zumal wir uns an den Grundsatz ‚Drum prüfe, wer sich ewig bindet' gehalten haben", versuchte ich Tante Gertruds missmutiger Bemerkung etwas entgegenzusetzen. „Immerhin bin ich nun 34 Jahre alt und kenne Klaas schon seit der Grundschule", fügte ich hinzu und hoffte damit endgültig, ihr den Wind aus den Segeln zu nehmen.

„Das heißt gar nichts", kam es jedoch unter dem Federhut wie aus der Pistole geschossen.

Ich schnappte nach Luft. Das durfte doch nicht wahr sein! Taktgefühl gehörte zwar bekanntermaßen nicht zu Tante Gertruds Stärken, doch merkte ich, wie sehr mich ihre Aussage traf. Ich atmete tief durch und zählte in Gedanken langsam bis zehn. Irgendwo hatte ich gelesen, dass diese Strategie hilfreich war, wenn man seinem Gegenüber vor lauter Wut am liebsten wüste Beschimpfungen an den Kopf werfen wollte. Ich hingegen wollte die Ruhe bewahren. Denn erstens machte es die Situation nicht besser, sich in den eigenen Ärger hineinzusteigern, und zweitens schadete man nur seiner Gesundheit, wenn man negative Gedanken wie einen Schwamm in sich aufsog. Deswegen setzte ich mich gerade hin, hob mein Kinn und erwiderte mit einem strahlenden Lächeln: „Dann werde ich mir eben besonders viel Mühe geben, damit diese Ehe hält.“

„Ich wollte dich nur vorgewarnt haben“, antwortete Tante Gertrud in einem leicht pikierten Tonfall und steckte sich eine Zigarette an, die sie zuvor samt Feuerzeug aus ihrer ledernen Handtasche zutage gefördert hatte. Sie inhalierte tief und blies den Rauch Richtung Terrassentür. „Du wirst noch an meine Worte denken, Henrijette“, verkündete sie unheilvoll, und ich bildete mir ein, dass der Zigarettenqualm sich wie eine dunkle Wolke über ihrem Kopf zusammenbraute.

Glücklicherweise betraten in diesem Moment Gabi und meine Mutter das Zimmer und unterbrachen so die unliebsame Unterhaltung. „Du siehst ja wirklich hinreißend aus“, rief meine Mutter mindestens genauso entzückt wie vorhin Gabi. Das war Balsam für meine Seele, nach Tante Gertruds Prophezeiungen. „Das Make-up ist super. Nicht zu wenig, nicht zu viel. Schön natürlich.“ In ihren Händen trug sie eine Vase mit einem bunten Blumenstrauß, den sie mir nun präsentierte.

„Schau mal, ist der Brautstrauß nicht wunderschön geworden?“

„Wirklich wunderhübsch. Fast wie gemalt.“ Ich nickte und bewunderte das kunstvoll zusammengestellte Blumengebinde aus Maiglöckchen, Christrosen und Anemonen.

„Passend zum Anlass und zur Jahreszeit. Ein echter Frühlingstraum“, sagte Gabi und griff wieder zum Glätteisen, um meine schulterlangen blonden Haare zu bearbeiten. „Deine Haare sind fast fertig. Nur noch ein paar Strähnen.“

Meine Mutter nahm sich ebenfalls einen Stuhl und setzte sich neben mich. „Ich kann immer noch nicht glauben, dass du in zwei Stunden schon unter der Haube sein wirst und aus Jette Menken eine Jette Dierksen wird.“

„Jetzt fang aber nicht an zu weinen, Mama“, sagte ich in einem mahnenden Ton, wohlweislich, dass ich dann unter Garantie mitweinen müsste. Das würde das vorzeitige Ende für mein Hochzeits-Make-up bedeuten, bevor die Zeremonie im Westerhever Leuchtturm überhaupt angefangen hatte.

„Nein, nein, keine Sorge. Ich werde nicht weinen. Jedenfalls jetzt noch nicht", antwortete meine Mutter, wobei sie sich merklich zusammenriss. „Ich frage mich nur, wo die Zeit geblieben ist? Es ist doch noch gar nicht so lange her, da warst du noch mein kleines Mädchen und hast Fahrradfahren ohne Stützräder geübt." Sie drehte sich zu meiner Tante um, die immer noch Rauchschwaden in Richtung Terrassentür blies. „Ist doch so, oder Gertrud?"

Tante Gertrud zuckte jedoch bloß mit den Schultern. „Dürfte mittlerweile über 30 Jahre her sein. Müsste die Zeit gewesen sein, als ich mit Willi verheiratet gewesen war", versuchte sie den Zeitpunkt näher einzugrenzen.

„Stimmt. Und jetzt heiratet mein großes Mädchen", sagte meine Mutter in einem feierlichen Ton und tätschelte mir sentimental die Schulter.

Ich konnte im Spiegel sehen, wie Tante Gertrud bei so viel Sentimentalität die Augen verdrehte und hoffte, dass meine Mutter davon nichts mitbekam.

„Wenn Klaas dich jetzt so sehen könnte …", sagte sie.

„Bloß nicht, Mama!", protestierte ich. „Deswegen habe ich heute doch extra bei euch übernachtet, damit er mich eben nicht vor der Trauung sieht, sondern erst am Leuchtturm. Du weißt doch, dass das sonst Unglück bringt." Und sich dann Tante Gertruds Ehestatistik bewahrheiten würde, fügte ich in Gedanken hinzu.

„Ach, was", winkte meine Mutter ab. „Alles nur überbewerteter Aberglaube, wenn du mich fragst. Dein Vater und ich haben uns auch vor der Hochzeit gesehen. Sogar in einem Zimmer geschlafen. Ich habe ihm eigenhändig die Krawatte gebunden, bevor wir zum Standesamt gefahren sind. Und was ist passiert? Nichts! Wir sind seit über 35 Jahren verheiratet. Und das glücklich." Jetzt schaute meine Mutter im Spiegel zu Tante Gertrud. Ob sie wohl die Eheprognosen meiner Tante kannte?

„Und Ausnahmen bestätigen ja bekanntlich die Regel", meinte Gabi und zog den Stecker vom Glätteisen aus der Steckdose. Sie trat einen Schritt zurück und betrachtete das Endergebnis. „Fertig."

Meine Mutter klatschte vor Begeisterung in die Hände. „Toll siehst du aus."

„Dann kann es ja losgehen", stellte Gabi zufrieden fest und richtete noch ein paar meiner Strähnen.

„Was gibt es denn eigentlich zum Mittagessen, Ilka?“, wollte Tante Gertrud von meiner Mutter wissen und ließ sich von ihr die Menüabfolge vorlesen, die sie mit einem anerkennenden Lächeln bedachte.

Ich hatte mich insgeheim die ganze Zeit schon gefragt, was Tante Gertrud eigentlich dazu bewogen hatte, überhaupt am heutigen Tag zu erscheinen. Außer, dass sie wie bei jeder Familienfeier Unruhe stiften und eine Arie singen wollte, bei der die Töne schiefer als der schiefe Turm von Pisa waren. Nun hatte ich eine leise Ahnung. Wegen der Eheschließung war sie offensichtlich nicht gekommen. Aber wegen des Essens. Immerhin etwas.

Vor dem friesischen Backsteinhaus wartete bereits das bestellte Großraumtaxi. Meine Eltern, Gabi, Tante Gertrud und ich fuhren zum Westerhever Leuchtturm. Jedenfalls fast. Genaugenommen bis zu der Stelle, an der es nicht mehr weiterging. Dort erwarteten uns bereits meine Schwester mit ihrem Mann sowie eine gemietete Pferdekutsche, die uns in einem gemächlichen Tempo durch die Wiesen bis zum Leuchtturm brachte, wo wir mit Klaas und seiner Familie verabredet waren. Während der Fahrt wehte uns eine frische Nordseebrise um die Nase. Die Luft roch nach Salz, und über uns flogen Möwen, die sich vom Wind tragen ließen und uns mit ihrem lautstarken Gekreische begleiteten.

„Wir scheinen die Ersten zu sein“, stellte mein Vater fest, als wir aus der Kutsche gestiegen und zum Eingang des Leuchtturms gegangen waren. Von Klaas und seiner Familie war weit und breit nichts zu sehen.

„Und ich dachte schon, ich würde zu meiner eigenen Hochzeit zu spät kommen. So langsam, wie wir mit der Kutsche unterwegs waren“, merkte ich an und klemmte mir eine Haarsträhne hinter das Ohr, die sich durch den Wind gelöst hatte. Vermutlich waren Gabis Bemühungen längst dahin, und meine Haare sahen aus wie ein Storchennest bei Windstärke zehn.

„Die ist doch allzeit gemütlich unterwegs“, meinte Gabi, die wie immer die Ruhe weg hatte – was eine nicht zu unterschätzende Charaktereigenschaft für eine Hochzeitsplanerin war, wenn es darum ging, selbst im größten Chaos einen Überblick zu behalten und einen gelassenen Eindruck zu machen.

Meine Mutter schaute auf ihre Armbanduhr. „Schon nach zwölf. Eigentlich müssten sie längst hier sein." Sie schirmte ihre Augen mit der Hand von der Sonne ab und blickte über die Salzwiesen, um nach Klaas und seiner Familie Ausschau zu halten.

Ich spürte, wie ich langsam unruhig wurde und Lampenfieber bekam. Sobald die Kutsche mit Klaas und seinen Angehörigen am Horizont auftauchen würde, würde es nicht mehr lange dauern, bis wir in dem Trauungsraum standen und ich meine große Liebe heiraten würde. Mich für immer und ewig zu ihm bekennen würde. Bis dass der Tod uns schied. Aus Henrijette Menken würde Henrijette Dierksen werden. Nicht, dass ich das nicht wollte. Ich wollte es unbedingt. Mehr als alles andere auf dieser Welt. Doch fühlte ich eine Aufregung in mir aufsteigen wie noch nie zuvor in meinem Leben. Allmählich konnte ich die Reaktionen von einigen Paaren nachvollziehen, für die ich ihre Hochzeit organisiert hatte. Spontan fiel mir eine Braut ein, die sich während des Ja-Wortes übergeben hatte. Ich schüttelte den Kopf und versuchte, die Erinnerung an dieses Ereignis zu vertreiben. Nein, das wollte ich bestimmt nicht nachahmen.

„Ganz ruhig. Sie kommen bestimmt gleich“, sagte meine Schwester und strich mir beruhigend über den Arm, als ob sie meine Gedanken lesen konnte. Vermutlich konnte sie das sogar. Schließlich hatte sie auch schon eine Hochzeit hinter sich und vielleicht genau das Gleiche durchgemacht.

„Und was mache ich, wenn ich vor Aufregung einen totalen Blackout habe?“, wisperte ich ihr zu, und meine Hand krallte sich um die Stängel meines Blumenstraußes.

Meine Schwester lächelte mich an, nahm meine freie Hand und drückte sie. „Sag Ja. Mehr musst du nicht tun. Sag einfach Ja.“

Als nach einer Viertelstunde immer noch keine Pferdekutsche mit Klaas und seiner Familie in Sicht war, machte sich langsam auch Unruhe bei dem Rest meiner Familie breit. Besonders bei meiner Mutter, die nun im Sekundentakt auf ihre Armbanduhr schaute und unverständliche Dinge vor sich hin murmelte. Selbst Gabi wippte ungeduldig von einem Fuß auf den anderen. Die Einzige, die scheinbar völlig gelassen blieb, war Tante Gertrud. Sie saß rauchend wie ein Schlot auf einer Bank vor dem Leuchtturm, hatte die Augen halb geschlossen und genoss offensichtlich die Sonnenstrahlen. An ihr schien die allgemein aufkommende Ungeduld komplett abzuprallen.

Mein Vater beförderte sein Handy aus der Hosentasche seines Anzugs, den er extra für den heutigen Tag hatte anfertigen lassen. „Ich rufe mal eben bei Klaas an und frage, wo sie bleiben.“ Er drückte auf eine Taste und hielt sich das Mobiltelefon ans Ohr. Dann zog er die Stirn in Falten und schaute auf das Display. „War ja klar. Kein Empfang“, sagte er missmutig und steckte das Telefon wieder ein.

„Die werden doch die Trauung nicht vergessen haben, oder?“, fragte meine Mutter nervös.

„Ach was! Das glaube ich nicht. So was ist mir bei sämtlichen Hochzeiten, die ich bis jetzt organisiert habe, noch nie passiert“, entgegnete Gabi überzeugend. „Vermutlich hat der Bräutigam sich eher vor Aufregung Kaffee aufs weiße Hemd gegossen, und deswegen verzögert sich seine Ankunft“, sagte sie beschwichtigend in die Runde. „Ich bin mir sicher, es gibt eine ganz einfache Erklärung für die Verspätung.“

Hinter uns wurde die Tür vom Leuchtturm geöffnet. Ein frisch vermähltes Paar trat mit seiner Hochzeitsgesellschaft heraus. Es wurden Fotos gemacht und Glückwünsche ausgesprochen, bevor das Hochzeitspaar ebenfalls in eine Pferdekutsche einstieg.

„Da vorne kommt eine Kutsche“, rief meine Mutter und zeigte in die Ferne.

„Na also. Doch nicht vergessen“, stellte Gabi zufrieden fest. „Dann können wir uns ja jetzt alle endlich auf die standesamtliche Trauung freuen.“

Wir schauten dem Pferdewagen am Horizont erwartungsvoll entgegen, der sich gemächlich näherte, aber erst auf halber Höhe war, als die Tür des Leuchtturms abermals geöffnet wurde und Edda Müller erschien, die Standesbeamtin, die mich und Klaas trauen sollte. „Jette, kommst du mal bitte?“ Sie winkte mich zu sich herüber, und mir fiel sofort auf, dass irgendetwas nicht stimmte. Der bekümmerte Blick, mit dem sie mich ansah, erinnerte mich eher an die Beerdigungen von Tante Gertruds Ehemännern als an eine feierliche Eheschließung.

„Ja?“, fragte ich und legte den Kopf schief, als ich vor ihr stand.

„Klaas und seine Familie sind noch nicht da. Kannst du uns noch etwas Zeit einräumen?“, fragte meine Mutter, die mir zu der Standesbeamtin gefolgt war, bevor diese überhaupt etwas sagen konnte.

Edda Müller blickte kurz zu Boden und schüttelte dann den Kopf. „Ich weiß gar nicht, wie ich es dir beibringen soll.“

„Was denn?“, fragte ich und spürte, wie sich mein Herzschlag beschleunigte. Ich hatte das dumpfe Gefühl, dass im nächsten Moment eine Bombe hochgehen und danach nichts mehr so sein würde wie zuvor.

„Ich kann meinen Schwiegersohn nicht erreichen. Kein Handyempfang.“ Mein Vater kam zu uns und zeigte wie zum Beweis auf sein Handy, auf dessen Display immer noch kein Empfang angezeigt wurde.

„Das ist nicht nötig. Ihr Schwiegersohn hat sich gerade auf dem Festnetz des Leuchtturms gemeldet, da er Sie nämlich auch nicht erreichen konnte“, erklärte Edda Müller.

„Oje. Ist was passiert?“, fragte ich besorgt. „Was hat er gesagt?“

„Können wir uns bitte kurz auf die Bank setzen?“,

bat die Standesbeamtin und deutete in Richtung von Tante Gertrud, neben der ich Platz nahm.

Edda Müller setzte sich neben mich. Meine Eltern, Gabi, meine Schwester und ihr Mann stellten sich vor die Bank, um zu hören, was die Standesbeamtin mir mitzuteilen hatte. Selbst Tante Gertrud drehte uns nun interessiert ihren Kopf zu. „Klaas hat gerade angerufen“, wiederholte Edda Müller das, was wir schon wussten.

„Ja, das sagtest du ja bereits. Verspätet er sich? Kann die Hochzeit dann trotzdem heute noch stattfinden? Oder ist nach uns direkt ein anderes Brautpaar dran? Wie lange müssen wir auf einen neuen Termin warten, wenn er es nicht mehr pünktlich schafft?“, fragte ich ohne Punkt und Komma. Ich wollte Eddas Antwort hinauszögern, weil ich mittlerweile fühlen konnte, dass das, was sie mir sagen würde, nicht zu der Vorstellung von meinem schönsten Tag im Leben passte.

Edda Müller faltete ihre Hände auf dem Schoß und seufzte. „Das ist es nicht.“

„Also doch ein Unfall?“, mutmaßte meine Mutter.

„Gott bewahre, nein!“ Die Standesbeamtin schüttelte

nun heftig den Kopf. Es fiel ihr sichtlich schwer, die passenden Worte zu finden.

„Es wird keine Hochzeit geben", erklang plötzlich Tante Gertruds abgeklärte Stimme.

Wir blickten sie entsetzt an.

„Gertrud! Also, das schlägt dem Fass jetzt wirklich den Boden aus!", protestierte meine Mutter energisch.

„Ganz ruhig." Edda Müller machte eine beschwichtigende Handbewegung und räusperte sich dann umständlich. „Es tut mir leid, das zu sagen, aber es stimmt leider. Klaas hat in der Tat die Hochzeit abgesagt."

„Nein!", riefen meine Eltern entsetzt.

„Das darf doch nicht wahr sein." Gabi stemmte ihre Hände in die Hüften.

Und meiner Schwester und ihrem Mann hatte es spontan gänzlich die Sprache verschlagen.

Mir fiel der Hochzeitsstrauß aus den Händen. Ich starrte Edda Müller nur fassungslos an, unfähig zu einer Reaktion. Klaas hatte die Hochzeit abgesagt? Nein, es konnte entweder nur ein Riesenmissverständnis vorliegen oder ich hatte mich schlichtweg verhört. Ich schluckte. „Bitte?", fragte ich fast tonlos und mit zitternder Stimme. „Er hat die Hochzeit abgesagt?“

Edda Müller kniff die Lippen zusammen und legte mir tröstend eine Hand auf die Schulter. Ich spürte, wie Übelkeit in mir aufstieg und mir gleichzeitig heiß und kalt wurde. Ich krallte mich mit den Händen an der Bank fest, um irgendwo etwas Halt zu finden. Die Pferdekutsche war nun fast am Leuchtturm angekommen. Außer dem Kutscher, der vorne auf seinem Bock saß, befanden sich keine Fahrgäste in ihr.

Wir schwiegen, standen alle unter Schock. Keiner wusste, was er sagen sollte. Tante Gertrud kramte in ihrer Handtasche und beförderte einen kleinen Flachmann aus Edelstahl heraus. Sie schraubte den Deckel ab und trank einen ordentlichen Schluck, wobei sie ihren Kopf kurz in den Nacken legte. Dann hielt sie mir stumm die Flasche entgegen. Unsere Blicke trafen sich. Sie nickte mir zu, und in dem Moment wusste ich, dass sie mich verstand. Ich nahm den Flachmann und trank ebenfalls einen großen Schluck.

„Wer will schon Dierksen mit Nachnamen heißen? Der Name hat mir noch nie gefallen“, stellte Tante Gertrud fest und steckte sich dann eine neue Zigarette an.

1. Kapitel

„Und man erkennt mich auch wirklich nicht?“, fragte er mich zum x-ten Mal.

„Nein. Selbst deine Mutter würde dich in dem Aufzug bestimmt nicht erkennen“, beruhigte ich den Typen mit dem Hawaiihemd erneut, der neben mir auf dem Beifahrersitz saß. Schweißperlen standen ihm auf der Stirn. Er nestelte nervös an dem angeklebten Schnauzbart, drückte ihn immer wieder fest über seiner Oberlippe an, als hätte er Angst, er könnte abfallen und so seine wahre Identität preisgeben.

„Sogar deine größten Fans würden einfach an dir vorbeigehen und nicht mal nach einem Autogramm fragen“, schaltete sich Gabi nun von der Rückbank aus ein und legte ihm beruhigend eine Hand auf die Schulter. „Mit der großen Sonnenbrille und der Lockenperücke siehst du eher wie eine Mischung aus Puck, die Stubenfliege, und einem schlechten Atze-Schröder-Imitator aus. Da kommt absolut keiner drauf, wer in Wirklichkeit unter der Maskerade steckt."

Ich warf einen Blick in den Rückspiegel, wo meine Freundin jetzt in einer Korbtasche kramte und kurz darauf eine blaue Baseballkappe in den Händen hielt. „Die könntest du dir auch noch aufsetzen." Sie streckte dem Mann von hinten die Kopfbedeckung entgegen. „Das sieht dann noch weniger nach dir aus, und die Frisur kann auch nicht verrutschen."

Er setzte sich die Kappe bereitwillig auf, klappte den Innenspiegel auf der Beifahrerseite runter und betrachtete sein Aussehen eingehend von allen Seiten, indem er seinen Kopf nach links und rechts drehte. „Ich weiß nicht ..."

Ich warf einen kurzen Seitenblick auf ihn und musste schmunzeln. „Jetzt hast du sogar eine gewisse Ähnlichkeit mit Magnum."

„Oh mein Gott, ich bin so nervös", gab er schließlich zu. „Ich fühle mich fast so wie vor meinem ersten Bundesligaspiel. Da dachte ich auch, dass ich vor lauter Nervosität womöglich spontan das Fußballspielen verlernt hätte und den Ball nicht mehr treffen würde."

„Das ist doch völlig normal“, beschwichtigte ihn Gabi. „Einen Heiratsantrag macht man ja auch nicht alle Tage. Und meistens sogar nur einmal im Leben.“

Ich runzelte die Stirn und blickte wieder in den Rückspiegel, wobei sich Gabis und meine Blicke trafen. Wir wussten beide, dass ihre letzte Aussage nicht unbedingt haargenau der Realität entsprach, sondern eher rein professioneller Natur war. Schließlich verkauften wir beruflich den Traum von der einzig großen Liebe im Leben, die bis zum Tod und darüber hinaus hielt. Und das machten wir sehr erfolgreich. Gabi und ich genossen einen erstklassigen Ruf in St. Peter-Ording. Wir waren die beste Adresse, wenn es ums Heiraten ging, und organisierten den perfekten Tag für Heiratswillige. Was anfangs ein wahrer Traumjob für mich gewesen war, hatte sich allerdings in ein zweischneidiges Schwert verwandelt, seit Klaas mich einfach vor dem Standesamt hatte sitzen lassen. Mich, die Hochzeitsplanerin und Expertin, wenn es um das Ja-Wort ging. Welch Ironie des Schicksals. Seither war meine Leidenschaft etwas gedämpft – im Gegensatz zu Gabi, die zwar bereits dreimal geschieden, aber dennoch hoffnungslos romantisch geblieben war und ihrer vierten Ehe mit einem hiesigen Immobilienmakler in wenigen Wochen bereits sehnsüchtig entgegenfieberte. Den Traum von der einen großen Liebe, samt Hochzeit in Weiß, hatte ich nach der Pleite mit Klaas für mich jedenfalls an den Nagel gehängt. Das war nun ziemlich genau zwei Jahre her. Seitdem hatte kein Mann mehr mein Herz erobern können. Allerdings hatte ich auch überhaupt keine Zeit gehabt, mir über mein nicht vorhandenes Liebesleben den Kopf zu zerbrechen. Dafür lief meine Agentur nämlich viel zu gut. In der Heiratssaison von Mai bis September arbeitete ich fast rund um die Uhr und war heilfroh, dass es Gabi gab, die mir tatkräftig unter die Arme griff, wenn Not am Mann war, mir unter anderem Personal lieh, mich aber auch mit Rat und Tat bei meinen Hochzeitsplanungen unterstützte. Geht nicht, gab es bei mir nicht. Zu meinem Job gehörte es, das Unmögliche möglich zu machen. Regen am Hochzeitstag? Dann sorgte ich dafür, dass doch irgendwie die Sonne schien. Für mich war es obligatorisch, meinen Kunden, zu denen auch Prominente gehörten, jeden Wunsch von den Augen abzulesen. Und eben so einer saß gerade neben mir und schwitzte Blut und Wasser. Vor sechs Wochen hatte das Telefon in meinem Büro geklingelt, und am anderen Ende hatte sich das Management von keinem Geringeren als dem Hamburger Fußballprofi Sebastian van Dijk gemeldet. Der Fußballer und seine Verlobte, das internationale Top-Model Isabel Heinen, waren schon seit vielen Jahren liiert, und nun wollte Sebastian Nägel mit Köpfen machen und endlich um ihre Hand anhalten. Diese Nachricht war Musik in den Ohren, oder eher Dollarzeichen in den Augen seines Managements gewesen. Schnell war der Fußballer davon überzeugt worden, dass dieses Ereignis unbedingt in der Öffentlichkeit stattfinden sollte. Den passenden Fernsehsender, der dieses Event medienwirksam vom Heiratsantrag bis zu Hochzeit in Szene setzen wollte und gleichzeitig ein exorbitantes Sümmchen für die TV-Rechte hatte springen lassen, war zügig gefunden. Vermutlich waren in die vertraglichen Verhandlungen auch gleich die Rechte für eine mögliche Scheidungsshow eingeflossen, falls das Eheglück des Promi-Pärchens in die Binsen gehen sollte, dachte ich mir, schalt mich aber gleich für meinen Pessimismus. Obwohl mein Auftragsbuch für die aktuelle Heiratssaison bereits mehr als gut gefüllt war und unter normalen Umständen ein Jahr Vorlauf für eine Hochzeitsplanung die Regel war, konnte ich mir diese Anfrage, die Organisation des Antrags und der anschließenden Hochzeit, natürlich nicht durch die Lappen gehen lassen. Zum einen war dies die beste kostenlose Werbung, die sich meine Agentur wünschen konnte, und zum anderen hatte ich zweimal bei der genannten Budget-Summe nachfragen müssen, die das Management des Fußballers gewillt war auszugeben. Mit dem inbegriffenen Honorar konnte ich nicht nur sorgenfrei die Winterpause überbrücken, sondern auch gleich auf den Kanaren überwintern, wenn ich das denn gewollt hätte.

„Außerdem wärst du ziemlich abgebrüht, wenn dich dein eigener Heiratsantrag kaltlassen würde. Oder du wärst eben nicht wirklich verliebt“, fügte ich mit überzeugter Stimme hinzu. Gabi und ich mussten es schaffen, Sebastian van Dijk die Nervosität zu nehmen, damit er vor Aufregung nicht unsere Absprachen vergaß oder hyperventilierte und am Ende dadurch noch seinen eigenen Heiratsantrag unfreiwillig ruinierte. Ich war fest entschlossen, alles perfekt über die Bühne zu bringen – da konnte ich unter keinen Umständen zulassen, dass einer der Hauptakteure schon schwächelte, bevor es überhaupt losging.

„Lass uns doch noch mal durchgehen, was wir geplant haben", sagte ich, während ich das Auto auf einen Parkplatz, unweit der Erlebnispromenade im Ortsteil Bad von St. Peter-Ording, lenkte.

„Okay." Der Fußballspieler nickte und schaute dabei konzentriert auf das Armaturenbrett des Wagens. „Wir treffen uns bei Gosch mit der Produzentin und dem Kamerateam, das uns auf dem Weg zum Strand begleitet und filmt. Und dann mache ich den Heiratsantrag."

„Bei dem Gang über die Brücke erzählst du erst, wie du Isabel kennengelernt hast und wie lange ihr schon ein Paar seid", ergänzte Gabi von der Rückbank aus.

„Ah, ja. Richtig. Das Interview hatte ich ganz vergessen", gab Sebastian van Dijk zu. Er öffnete den Reißverschluss an seinem Rucksack, den er sich zwischen die Beine geklemmt hatte, und holte sein Handy heraus.

„Am Strand wartet dann das zweite Kamerateam, das das Fotoshooting der Modemarke *Mehr Meer* für die

Strand- und Bademoden-Kollektion der kommenden Saison filmt. Und wenn Isabel mit dem Matrosenkleid und den Kindern posiert, dann machst du ihr einen Antrag“, erklärte Gabi.

„Und ihr glaubt tatsächlich, sie wird mich nicht gleich erkennen?“, fragte der Fußballer skeptisch.

„Nein. Wird sie nicht“, gaben Gabi und ich im Chor zur Antwort.

„Dann ist ja gut. Dann wird es eine tolle Überraschung für sie werden“, gab er sich zufrieden und fuhr sich mit dem Handrücken über die Stirn, auf der sich wieder ein leichter Schweißfilm gebildet hatte. Am liebsten hätte ich ihm eine Beruhigungspille verabreicht, da ich merkte, dass sich seine Aufregung mittlerweile auch auf mich übertrug, und das war natürlich Gift für das gesamte Vorhaben. Wenigstens Gabi und ich mussten einen kühlen Kopf bewahren. Nach einigem Rumkurven fuhr ich schließlich in eine freie Lücke auf dem Parkplatz in der Nähe der Dünentherme. Ich zog die Handbremse an und dann den Zündschlüssel aus dem Schloss. „So, da wären wir. Aussteigen, meine Damen und Herren.“

Vor dem Restaurant Gosch erwartete uns bereits die Produzentin, eine rundliche Frau mit praktischem Kurzhaarschnitt, mit ihrem Tross. Ein dreiköpfiges Fernsehteam sowie eine Visagistin, die den Fußballer noch einmal ausgiebig abpuderte, bevor die Dreharbeiten starteten. So hatten Hektikflecken und Panikpusteln selbst im grellen Sonnenlicht keine Chance. Nach einem kurzen Briefing durch die Produzentin folgte der Gang über die mehr als einen Kilometer lange Seebrücke Richtung Strand, auf der um die Zeit Hochbetrieb herrschte. Gabi und ich hielten uns im Hintergrund, während der Fußballprofi ausführlich erzählte, wie er seine Zukünftige kennengelernt hatte und warum sie die eine für ihn war. Für den Moment gab es nichts weiter für uns zu tun, als der Kamera als stille Beobachter in einem kleinen Sicherheitsabstand zu folgen. Etliche Touristen waren auf der Brücke unterwegs, kamen uns entgegen oder wollten ebenfalls zum Meer. Sie trugen luftige Kleidung, bunte Kappen, Sonnenbrillen in allen Formen und Farben, Kinder schleppten Eimer und Sandschaufeln mit sich herum oder saßen auf den Schultern ihrer Väter und blickten wie erhaben über die anderen Spaziergänger hinweg. Einige Leute blieben stehen, schauten interessiert zu dem Kamerateam hinüber und dann zu der etwas seltsam anmutenden Gestalt, dem verkleideten, erfolgreichen Fußballprofi, der vermutlich immer weichere Knie bekam, je weiter wir uns dem Strand näherten. Immer wieder stoppten wir, weil das Kamerateam bestimmte Einstellungen mit dem Fußballer drehen wollte: Sebastian van Dijk in nachdenklicher Pose auf einer Bank mit den malerischen Salzwiesen im Hintergrund. Sebastian van Dijk, wie er an dem Geländer der Seebrücke lehnte und die Sonne genoss. Und natürlich der Klassiker, Sebastian van Dijk, wie er sehnsuchtsvoll Richtung Meer blickte. Durch die Zwischenstopps kamen wir nur langsam vorwärts und ich machte mir ein wenig Sorgen darüber, ob wir es überhaupt noch schafften, rechtzeitig zum Strand zu gelangen, solange das Fotoshooting lief. „Wir sollten uns besser mal etwas sputen, wenn Sebastian seinen Heiratsantrag noch wie geplant durchführen möchte", sagte ich deswegen mit einem drängelnden Unterton zu der Produzentin, die offensichtlich die Zeit aus dem Blick verloren hatte, und erzielte damit die gewünschte

Wirkung. Es ging nun zügigen Schrittes über die Seebrücke, die mitten auf der Sandbank mündete. Wir blieben am Ende des Stegs stehen und blickten zu der Foto-Location, die sich schräg versetzt in einiger Entfernung zu der Brücke befand.

Am Strand herrschte reges Treiben. Bunte Fahnen flatterten geräuschvoll im böigen Nordseewind. In der Luft lag der Geruch von frisch frittierten Pommes und Backfisch sowie gebratenen Würstchen und Burgern, die es an einer Holzbude zu kaufen gab. Vor einem mobilen Eisstand hatte sich eine lange Schlange gebildet. Zwei Eisverkäufer hatten alle Hände voll damit zu tun, ihre gefrorenen Süßspeisen möglichst schnell an die wartende Kundschaft zu verkaufen. Ausgelassenes Kindergeschrei schallte uns entgegen und übertönte fast das Kreischen der Möwen, die in luftiger Höhe über den Strand segelten und vermutlich Ausschau nach unbeaufsichtigten Fischbrötchen und anderen Leckereien hielten.

Eine Menschentraube drängte sich um die Absperrung, die um das Fotoshooting aufgestellt worden war, bei dem sich gerade männliche Models in modischen

Badeshorts ablichten ließen und dabei ihre durchtrainierten Oberkörper vorführten. Von der Seebrücke aus hatte ich einen guten Ausblick auf das Geschehen. Die Typen erinnerten mich wegen ihres Bartwuchses allerdings eher an Holzfäller als an professionelle Models. Jedoch Holzfäller, die sich den lieben langen Tag hegten und unter Garantie mehr Pflegeprodukte bei sich zu Hause rumstehen hatten, als ich es jemals in meinem ganzen Leben haben würde. Die umstehenden Leute reckten neugierig ihre Hälse, um möglichst einen Blick auf das Fotoshooting im Allgemeinen und speziell auf das prominenteste Model, Isabel Heinen, erhaschen zu können.

Was für ein Theater! Ich tauschte mit Gabi einen Blick, der mir signalisierte, dass sie das Gleiche dachte. Mir gefiel eher die beschauliche und romantische Seite von St. Peter-Ording, jenseits von inszenierten Veranstaltungen, die auch zur Bespaßung von Urlaubsgästen ausgerichtet wurden.

Ich ließ meinen Blick über die Weite des Strandes gleiten und blickte auf das Meer, das in einiger Entfernung von uns lag. Gut, dass der Strand so groß war. Hier kam sich niemand in die Quere, dafür war die Sandbank viel zu weitläufig. Selbst an Wochenenden im Sommer, wenn Ferienzeit war und zusätzlich zu den regulären Touristen noch halb Hamburg St. Peter-Ording bevölkerte, verliefen sich die Menschenmassen spätestens am Strand. So konnte also in unmittelbarer Nähe zur Seebrücke Remmidemmi herrschen und trotzdem Ruhe und Erholung an der Waterkant zu finden sein.

„Ganz ruhig, Sebastian. Bald ist es so weit, und du kannst sie fragen", hörte ich Gabi sagen. Sie hatte sich an die Seite des Sportlers gestellt und lächelte ihn aufmunternd an.

Sebastian van Dijk nestelte wieder an seinem angeklebten Schnurrbart herum und sah dabei etwas blass um die Nase aus. „Mir ist auf einmal so flau im Magen", brachte er noch hervor, bevor er die Augen verdrehte und ihm die Beine wegsackten.

„Huch!", rief ich überrascht und machte einen Satz auf ihn zu. Gabi und ich griffen reflexartig nach seinen Armen und unter seine Achseln, um ihn zu stützen, was gar nicht so einfach war. „Du bist ganz schön schwer, Sebastian", keuchte ich.

„Hoppla!“ Der mit Taschen beladene Praktikant des TV-Teams war ebenfalls rechtzeitig zur Stelle und kam uns zu Hilfe, bevor der Sportler einen noch weniger eleganten Abgang auf die Bohlen der Seebrücke oder direkt in den Sand machen konnte.

„Nicht ohnmächtig werden, Sebastian!“, rief Gabi energisch und begann, mit ihrer Hand im Wechsel auf seine linke und rechte Wange Klapse zu verteilen.

„Oh mein Gott! Jetzt schlappmachen gilt nicht! Das hatten wir so nicht geplant“, rief die Produzentin entsetzt. „Das wirft den ganzen Ablauf durcheinander.“

„Zuerst muss er sich mal hinsetzen“, schaltete ich mich ein und versuchte, in dem Chaos die Nerven zu behalten. Ich spürte, wie meine Armmuskulatur unter Sebastians Gewicht rebellierte. Ein brennender Schmerz breitete sich von meiner Schulter bis ins Handgelenk aus, was mich daran erinnerte, dass ich unbedingt mal wieder meinen Trainingsplan im Fitnessstudio absolvieren sollte.

Die Visagistin wedelte dem Fußballer mit einem Halstuch Luft zu, während wir ihn vorsichtig auf den Holzboden der Brücke setzten. Erste Schaulustige gafften zu uns herüber.

„Man sollte doch meinen, dass ein Elfmeter bei einer Europameisterschaft, wo die halbe Welt zuschaut, aufregender ist, als ein bevorstehender Heiratsantrag in St. Peter-Ording. Und nun das! Kippt der einfach so aus den Latschen! Jetzt könnten wir glatt ein Riechfläschchen gebrauchen. So wie in alten Filmen", meinte Gabi und fuhr unbeirrt fort, dem Fußballprofi leichte Schläge ins Gesicht zu verabreichen, die auf seinen Wangen eine zarte Rötung hinterließen.

„Einen Elfmeter kann man trainieren, einen Heiratsantrag nicht", stellte ich sachlich fest und überlegte, was nun zu tun wäre, um Sebastian möglichst schnell und vor allem vor Ende des Fotoshootings wieder fit zu bekommen. „Vielleicht sollten wir lieber einen Arzt rufen? Oder ihn flach auf den Boden legen und seine Beine hochlegen?", versuchte ich, mich an meine spärlichen Kenntnisse aus dem Erste-Hilfe-Kurs zu erinnern, den ich vor Urzeiten mal wegen meiner bevorstehenden Führerscheinprüfung beim Roten Kreuz absolviert hatte.

Die Produzentin kniete sich neben den Fußballer und schaute ihm prüfend ins Gesicht. „Ein Arzt scheint mir nicht nötig zu sein."

„Puh“, stöhnte Sebastian van Dijk in diesem Augenblick.

„Na, endlich.“ Gabi stellte ihre unsanften Klapse ein und erhob sich.

„Ist mir schwindelig.“ Er rieb sich über seine Schläfen.

„Typischer Fall von Kreislaufproblemen“, diagnostizierte die Produzentin sachlich.

„Also doch einen Arzt?“, fragte ich sicherheitshalber noch mal nach.

„Nein. Dafür haben wir keine Zeit“, entgegnete die Produzentin mit einem Blick auf die Uhr ihres Smartphones.

Ich schüttelte den Kopf. „So schnell ist auch kein Arzt hier.“

„Aber vielleicht deine Tante Gertrud“, meinte Gabi. Sie nickte in Richtung eines Strandkorbs, der wenige Meter von uns aufgestellt war. Kleine Rauchwölkchen stiegen daraus auf. Drinnen saß unverkennbar meine Tante mit einer Zigarette im Mundwinkel, einer überdimensionalen Sonnenbrille auf der Nase und einer Tageszeitung in der Hand. „Die ist wenigstens schon da. Wer weiß, wann ein Arzt hier wäre." Sie schaute auf ihre Armbanduhr. „Wir müssen schauen, dass wir unseren Torschützenkönig so schnell wie möglich wieder auf die Beine bekommen. Und wer könnte das besser als deine Tante?"

Damit hatte Gabi natürlich recht. Ich wusste aber nicht, ob ich mich über Tante Gertruds unerwartete Anwesenheit freuen sollte oder nicht. Galt sie doch wegen ihrer Ehegeschichten, die stets den sicheren Tod für ihre Männer bedeutet hatten, und spätestens seit meiner geplatzten Trauung, als ultimativ schlechtes Omen, wenn es ums Heiraten und dessen Folgen ging. Doch Tante Gertrud hatte ihre kleine Wunderwaffe stets dabei: den Flachmann mit selbstgebranntem hochprozentigem Inhalt, der vermutlich selbst Tote wieder zurück ins Leben befördern würde. Meine Tante verließ nie ohne den Fusel das Haus, weil man ja nie wissen konnte. Für alle Fälle sozusagen oder besser für alle Katastrophen, die sie geradezu anzuziehen schien wie das Licht die Motten.

„Ich geh mal rüber zu ihr, damit wir das mit dem Antrag noch über die Bühne kriegen, bevor es zu spät ist", sagte ich und zog mir meine Sandalen aus, um besser durch den Sand laufen zu können.

Tante Gertrud saß seitlich im Strandkorb und hatte die Beine angezogen. Sie trug einen altrosafarbenen Badeanzug, der sich mit dem Rot ihrer Haare biss, auf dem Kopf trug sie einen Strohhut, an dem seitlich Kunststoffblüten befestigt waren. Meine Tante war so vertieft in ihre Tageszeitung, dass sie mein Kommen gar nicht bemerkt hatte.

Ich räusperte mich. „Hallo."

Meine entfernte Verwandte blickte mir missmutig und mit hängenden Mundwinkeln über den Rand der Zeitung entgegen. Anhand ihrer gekräuselten Stirn war abzulesen, dass sie sich offensichtlich gestört fühlte. „Ach, Henrijette", sagte sie dann überrascht und nahm ihre Sonnenbrille ab, als sie mich erkannt hatte. Ihr Gesichtsausdruck wurde milder, und die Mundwinkel hingen nicht mehr ganz so tief. „Willst du dich zu mir in den Strandkorb setzen?" Seit meinem Hochzeitsfiasko mit Klaas hatte sich unser Verhältnis deutlich verbessert. Seitdem sparte mich Tante Gertrud bei Sticheleien auf Familienzusammenkünften aus und sah in mir vermutlich eine Art Schwester im Geiste.

„Nein. Ich meine, unter anderen Umständen natürlich liebend gerne, aber dazu ist keine Zeit. Ich brauche ganz dringend deine Hilfe."

Tante Gertrud hatte sich nach meinem letzten Satz kerzengerade hingesetzt und die Zeitung akkurat zusammengefaltet neben sich gelegt. „Natürlich brauchst du meine Hilfe", sagte sie wie selbstverständlich, ohne zu wissen, um was es ging.

Nachdem ich ihr kurz und knapp mitgeteilt hatte, in welcher Bredouille wir uns befanden, packte sie umgehend ihre Sachen in eine Canvastasche und war startklar. Wenige Augenblicke später waren wir wieder an Ort und Stelle des Geschehens.

Tante Getrud stellte ihre Tasche auf den Holzbohlen ab und hockte sich vor den Fußballer hin, der immer noch auf dem Holzboden saß. „So, junger Mann. Jetzt trinken Sie mal zwei Schlucke hiervon, und Sie werden sich im Nullkommanix wie neugeboren fühlen", befahl sie ihm in einem bundesligareifen Kommandoton, der keine Widerrede duldete oder den geringsten Zweifel aufkommen ließ, wer im Moment das Sagen hatte. „Damit wird der Heiratsantrag ein Klacks. Ist die Stimme frisch geölt, fragt es sich gleich leichter.“ Sie schraubte den Verschluss gekonnt ab, dann hielt sie ihm die schmale silberne Flasche direkt unter die Nase.

„Puh, was ist das denn?“, der Fußballer wich zurück. „Ich weiß nicht, ob es so gut ist, wenn ich vor dem Antrag Schnaps trinke“, warf er dann verhalten ein. Sein Gesicht nahm langsam wieder Farbe an.

„Was heißt denn hier gut? Natürlich ist es gut. Oder sind Sie etwa ein Waschlappen?“, fragte Gertrud den Fußballprofi provokant. „Dann brauchen Sie Ihrer Liebsten nämlich auch gar keinen Antrag zu machen, sondern können am besten gleich hier sitzen bleiben, und die Veranstaltung kann ausfallen.“

Sebastian van Dijk schnappte entrüstet nach Luft, wollte auf ihre offensichtliche Provokation antworten, doch Tante Gertrud kam ihm zuvor.

„Zu einem Weichei hätte ich nie Ja gesagt. Und ich weiß, wovon ich spreche, junger Mann. Ich habe schließlich schon des Öfteren Heiratsanträge bekommen und nicht jeden davon angenommen“, erklärte sie ihm in einem wichtigen Tonfall und mit erhobenem Zeigefinger.

Tante Gertrud und Sebastian van Dijk schauten sich eine Weile wortlos in die Augen.

„Natürlich bin ich kein Weichei. Das ist doch absurd“, antwortete der Fußballer schließlich, nahm daraufhin den ihm angebotenen Flachmann und legte den Kopf in den Nacken. Dann stürzte er den Schnaps hinunter, als wollte er damit alle Weichei-Theorien meiner Tante widerlegen.

„Na also“, meinte Tante Gertrud zufrieden. „Geht doch.“

„Puh, das brennt“, stellt der Fußballprofi leicht hustend fest und klopfte sich mit der freien Hand auf die Brust, als er meiner Tante die Flasche zurückgab. Sein Kreislauf schien langsam wieder auf Touren zu kommen. Seine Wangen leuchteten gut durchblutet. Tante Gertruds Fusel schien dem Fußballer ordentlich eingeheizt zu haben und ihn obendrein mit dem nötigen Selbstbewusstsein ausgestattet zu haben, das er für sein Vorhaben so dringend benötigte. Er erhob sich von den Holzbohlen der Brücke und blickte nun entschlossen zu der Stelle am Strand, wo das Fotoshooting im vollen Gange war. Aus seiner Hosentasche fischte er eine kleine weiße Schmuckschatulle. Er ließ sie aufschnappen, und im Sonnenlicht glitzerte der Brillant des Verlobungsrings, mit dem er in wenigen Minuten um die Hand seiner Freundin anhalten wollte.

„Na, wenn Sie weiter so auf den Ring starren, dann können Sie sich den gleich selbst an den Finger stecken", kommentierte Tante Gertrud wenig beeindruckt seine Aktion. „Wenn mich nicht alles täuscht, ist das bestimmt die junge Dame, weswegen Ihnen vorhin die Düse gegangen ist." Sie wies mit dem Kopf in Richtung des Fotoshootings.

„Jetzt aber!", sagte Sebastian entschlossen und setzte sich in Bewegung.

Jetzt bloß nicht wieder ohnmächtig werden, dachte ich, bereit, den Fußballer ein zweites Mal aufzufangen, falls nötig. Der Gedanke daran trieb auch mir erste Schweißperlen auf die Stirn. Ich würde drei Kreuze machen, wenn wir den Heiratsantrag über die Bühne gebracht hatten.

„Zur Not würde ich den Ring aber auch nehmen. Er

ist wirklich hübsch", sagte Tante Gertrud und zwinkerte mir zu.

Das TV-Team folgte Sebastian mit laufender Kamera, um bloß keinen Moment in diesem Drama zu verpassen.

„Los, hinterher!" Gabi zupfte ungeduldig an meinem T-Shirt-Ärmel. „Oder willst du dir das Theater etwa entgehen lassen?"

„Natürlich nicht", antwortete ich und schaute dann auf Tante Gertrud, die sich wieder ihre große Sonnenbrille aufgesetzt hatte. „Kommst du mit?"

„Dafür habe ich keine Zeit. Da vorne beim Pfahlbau ist Petter Grube. Wir sind zum Essen verabredet", erwiderte sie und machte sich ohne ein weiteres Wort Richtung hölzerner Strandbude auf den Weg, um den hiesigen Bestatter zu treffen.

„Komm schon. Sonst verpassen wir Sebastians großen Auftritt", drängelte Gabi.

Als wir am Ort des Geschehens ankamen, standen die Leute dicht an dicht gedrängt, sodass ich den potenziellen Bräutigam und die Kameraleute nirgends ausmachen konnte. „Siehst du unseren Fußballer?"

„Nee. Aber bei den vielen Menschen ist das auch kein Wunder." Gabi hatte die Hände in ihre Hüfte gestützt und hielt Ausschau nach dem Heiratswilligen. „Da!", sagte sie schließlich und zeigte auf unseren Promi.

Ich reckte meinen Hals und konnte erkennen, dass Sebastian über die Absperrung geklettert war und nun direkt auf seine Zukünftige zuging. Das Model schaute für einen Moment irritiert zu dem Mann im seltsamen Aufzug, fing sich dann aber wieder und behielt ihr professionelles Lächeln für die Kameras bei.

„Guck mal, wie sie zu den Security-Leuten schaut. Sie denkt bestimmt, dass Sebastian irgendein verrückter Fan ist, und wundert sich, warum niemand eingreift", kommentierte Gabi das Geschehen amüsiert. „Komm, da müssen wir unbedingt näher ran!"

„Jetzt ist er bei ihr. Gott sei Dank hat er es rechtzeitig geschafft, bevor das Shooting zu Ende war. Jetzt bin ich aber gespannt." Gabi und ich drängten uns durch die Leute, bis wir fast direkt an der Absperrung standen und eine einigermaßen gute Sicht auf das Geschehen hatten.

Sebastian van Dijk stand vor dem Model. Mittlerweile machte Isabel Heinen einen leicht verspannten Eindruck, und ihr Lächeln wirkte wie eingefroren. Sie wich einen Schritt von ihm zurück und schien nicht zu wissen, was sie von dieser Situation halten sollte. Die Leute steckten tuschelnd ihre Köpfe zusammen. Ihnen schien der seltsame Typ ebenfalls nicht ganz koscher zu sein. Die Fotografin ließ nun ihren Fotoapparat sinken und blickte Sebastian aufmunternd an. Ich wusste, dass sie eingeweiht war und deswegen bei unserem abgekarteten Spiel mitmachte.

Sebastian fasste sich ein Herz und kniete vor dem Model nieder. Mit zitternden Händen fischte er die Schmuckschatulle aus seiner Hosentasche. Er öffnete das kleine Kästchen, und der Ring kam zum Vorschein.

Die Augen des Models weiteten sich. Nicht vor Freude, sondern eher vor Entsetzen. Das war sogar für Außenstehende unübersehbar.

„Willst du mich heiraten?“, stellte Sebastian nun mit krächzender Stimme die alles entscheidende Frage.

Isabel Heinen entglitt das Lächeln nun vollends. Sie sah einfach nur schockiert aus. Was mochte wohl in diesem Moment in ihr vorgehen? Da kniete ein merkwürdiger Typ vor ihr, vom Aussehen halb Atze Schröder, halb Magnum, den sie noch nie zuvor in ihrem Leben gesehen hatte, streckte ihr einen Ring entgegen und machte ihr einen Heiratsantrag.

„Schau mal, wie entsetzt sie guckt. Sie erkennt Sebastian wirklich nicht“, stellte Gabi belustigt fest.

„Nicht dass sie uns auch gleich noch in Ohnmacht fällt und wir noch mal Tante Gertruds Spezialmischung brauchen“, meinte ich und entdeckte, dass sich Sebastians angeklebter Schnauzer bereits an einer Seite löste.

Isabel Heinen schien sich wieder gefangen zu haben. Sie lächelte wieder ihr Profi-Lächeln, aber schüttelte den Kopf. „Ich kann Sie nicht heiraten, denn ich habe bereits einen Freund“, erklärte das Top-Model.

„Hat Ihr Freund Ihnen denn schon einen Heiratsantrag gemacht?“, fragte die Fotografin.

„Nein. Noch nicht.“

„Dann könnten Sie ja theoretisch den Heiratsantrag annehmen“, legte die Dame mit der Kamera nach.

„Das ist doch absurd. Wieso sollte ich diesen Mann

heiraten? Ich kenne ihn doch nicht", erwiderte Isabel Heinen nun mit leicht gereizter Stimme.

„Da habe ich aber was anderes gehört", entgegnete sie.

Die Zuschauer und auch Gabi und ich hielten vor Spannung den Atem an. Isabel hatte sich von Sebastian van Dijk abgewandt und blickte die Fotografin irritiert an. „Diese Sache ist mir jetzt ehrlich gesagt etwas zu blöd", sagte sie ärgerlich und wandte sich zum Gehen. Mit solch einer Reaktion hatten wir gerechnet. Sebastian van Dijk entledigte sich daraufhin, wie abgesprochen, seiner Verkleidung. Er riss den Schnurrbart ab, nahm Mütze und Perücke ab und warf die Sonnenbrille in den Sand. Das Publikum erkannte ihn nun und skandierte laut: „Heiraten! Heiraten!"

Isabel drehte sich aufgrund der lauten Rufe um und erstarrte. Ungläubig sagte sie zu dem Mann, der ihr zuvor einen Heiratsantrag gemacht und den sie abgelehnt hatte. „Sebastian?", fragte sie, als könnte sie ihren Augen nicht trauen. Unter den immer lauter werdenden Rufen und Johlen des Publikums ging sie langsam, fast zögerlich, den Weg zurück zu ihm. Sie sah aus, als könnte sie immer noch nicht fassen, was da gerade passiert war und vor allem, wer ihr einen Heiratsantrag gemacht hatte, den sie ohne mit der Wimper zu zucken abgelehnt hatte.

Als sie wieder vor ihm stand, fragte er sie erneut: „Willst du mich heiraten?“

Isabel nickte bloß, während Tränen über ihr Gesicht rannen. „Ja. Ich will. Natürlich will ich“, brachte sie unter Schluchzen hervor.

Begeisterter Applaus brandete auf.

„Na, das hat doch ganz wunderbar hingehauen“, meinte Gabi.

„Meine armen Nerven! Ich habe schon befürchtet, dass der Auftrag ins Wasser fällt“, raunte ich Gabi zu und machte in Gedanken drei Kreuze.

Der Fußballspieler umarmte seine Zukünftige, wirbelte sie im Kreis herum und küsste sie dann leidenschaftlich. Danach steckte er ihr zum krönenden Abschluss den Ring an den Finger, den Isabel glücklich den Kameras und Fotografen präsentierte.

„Ich heirate dich aber nur unter der Bedingung, dass du mir hoch und heilig versprichst, dir nie wieder einen

Schnauzbart anzukleben oder eine Minipli-Perücke aufzusetzen."

Sebastian van Dijk erhob seine rechte Hand feierlich zum Schwur. „Das verspreche ich dir hiermit hoch und heilig. Nie wieder Schnauzbart oder Minipli." Dann küsste er seine Zukünftige zur Begeisterung der anwesenden Zuschauer und Presse noch mal, die fleißig Videos mit ihren Smartphones von dem Ereignis drehten oder das Letzte aus ihren Fotokameras herausholten.

2. Kapitel

„Ich weiß nicht, ob ich es rechtzeitig zu Kaffee und Kuchen schaffe“, sagte ich zu meiner Mutter, die am anderen Ende der Leitung meine Ankündigung mit einem unzufriedenen Stöhnen quittierte.

„Aber Jette, dein Vater wird nur einmal im Leben 65 Jahre alt, da ist es doch wohl nicht zu viel verlangt, wenn du zu seiner Geburtstagsfeier ausnahmsweise mal pünktlich erscheinst und deine geschäftlichen Termine so legst, damit das funktioniert“, protestierte sie.

Ich klappte die Sonnenblende meines Wagens herunter, während ich eine Straße am Deich Richtung Ording entlangfuhr. Radfahrer in kurzen Hosen mit Sonnenbrillen auf ihren Nasen und umgeschnallten Rucksäcken kamen mir entgegen, die ich auf den ersten Blick als Urlauber identifizierte. Die Sonne strahlte von einem knallblauen Himmel, die Temperaturen hatten sich auf sommerliche 26 Grad eingependelt, und die Betten in

St. Peter-Ording waren wie jedes Jahr um diese Zeit gut belegt. Ich hatte das Dach meines Autos heruntergeklappt und genoss es, wie der Fahrtwind durch meine Haare blies und meine Strähnen durcheinanderwirbelte. Es war das perfekte Wetter für eine Gartenparty zum 65. Geburtstag meines Vaters, fand ich. Rechts am Straßenrand standen Einfamilienhäuser mit Reetdächern, und links zog sich der asphaltierte Deich entlang, hinter dem sich das Meer und einige der berühmten Pfahlbauten, die Wahrzeichen von St. Peter-Ording, befanden. Auf der Höhe der Auffahrt zum Hauptstrand bog ich rechts auf einen Parkplatz, der von Hotelgebäuden mit hellgrauer Fassade, umlaufenden Veranden und Fensterläden aus Holz umgeben war, und suchte nach einem freien Parkplatz.

„Tu ich ja", sagte ich und stieg aus meinem Wagen. „Jedenfalls versuche ich es." Normalerweise war ich immer überpünktlich. Das galt sowohl für private als auch für geschäftliche Termine. Doch heute war ich für meine Verhältnisse spät dran, weil der erste Besprechungstermin mit dem Sterne-Koch für das Hochzeitsmenü des Promi-Pärchens länger als ursprünglich geplant gedauert hatte. Deswegen erklomm ich nun im Laufschritt die hölzerne Treppe zum Hotel, um wieder ein bisschen Zeit aufzuholen. Ich war wegen Sebastians und Isabels Hochzeit mit der Managerin eines Lifestyle-Hotels mit sportlicher Ausrichtung verabredet, die mir die infrage kommenden Suiten persönlich zeigen wollte, damit ich sie später dem Pärchen vorschlagen konnte. „Aber der Auftrag ist auch wichtig für mich und vielleicht bekomme ich so etwas in der Größenordnung nie wieder. Eben auch nur einmal im Leben, genauso wie Papa 65 wird. Spätestens zum Abendessen bin ich da. Versprochen. Und ein Stückchen Kuchen kann ich mir dann ja für morgen mitnehmen“, versuchte ich meine Mutter versöhnlicher zu stimmen.

„Falls Tante Gertrud dir eins übrig lässt“, kam es wie auf Knopfdruck.

„Das macht sie bestimmt.“

„Du kennst doch deine Tante, wenn es um Torten geht. Da lässt sie nicht mit sich reden.“

„Ich werde mein Bestes geben, um so schnell wie möglich bei euch zu sein“, bekräftigte ich noch mal meinen guten Willen.

„Hm. Na ja, gut, wenn es nicht anders geht …"

Ich hörte meiner Mutter deutlich an, dass sie trotz allem eingeschnappt war, was prompt ein schlechtes Gewissen bei mir auslöste. Für sie stand die Familie an erster Stelle. Das war schon immer so gewesen und würde sich auch nicht mehr ändern. Und dann schaffte es die Rabentochter noch nicht einmal pünktlich zum 65. des eigenen Vaters. „Sag Papa, dass ich ihn lieb habe und mich beeile, ja?", versuchte ich, sie erneut zu besänftigen. Währenddessen sah ich mich auf der weißen Veranda um und schaute schließlich durch eins der großen Fenster, in dem sich meine schlanke Silhouette spiegelte. Auf meine Figur war ich insgeheim ein bisschen stolz. Die war nämlich noch genauso in Schuss wie vor 15 Jahren – und das ohne dass ich viel dafür tun musste. Ich erspähte die Hotelmanagerin im Empfangsbereich. „Ich muss jetzt auflegen. Ich habe gerade die Frau entdeckt, mit der ich den Termin habe. Wir sehen uns später." Ich beendete das Telefonat, ehe meine Mutter etwas erwidern konnte.

Als ich die helle Eingangshalle betrat, kreisten an der Decke über mir Ventilatoren mit langen Wendeflügeln, die für eine angenehme Luftzirkulation sorgten. Gemütliche braune, etwas abgewetzte Ledersessel und eine Bar luden die Gäste in der wohnzimmerähnlichen Hotellobby zum Verweilen ein. Die Managerin lehnte in einem bequemen Strandoutfit, das aus blauen Shorts, einem passenden gestreiften Shirt und Ballerinas bestand, an der Rezeption, hinter der Angestellte in ebenfalls lockerer Kleidung ihrem Job nachgingen. Sie machte einen entspannten Eindruck auf mich und wirkte eher, als wäre sie hier im Urlaub und nicht bei der Arbeit. Beneidenswert.

Nachdem wir uns kurz begrüßt hatten und sie sich mir im lockeren Umgangston als Louisa vorgestellt hatte, ging es sogleich mit der Besichtigung des Hotels los. Ich folgte ihr durch Flure, die von gelben Lampen erhellt wurden. Louisa zeigte mir das moderne Spa, ein kleines Privatkino für die Gäste und danach schließlich die Suiten, die sich über zwei Stockwerke erstreckten und je nach Thema originell eingerichtet waren. So befand sich zum Beispiel in der Unterkunft, die den Namen einer deutschen Biermarke trug, eine Zapfanlage in Form eines Surfbretts, das hochkant an der Wand stand und an dem mittig ein Bierglas auf einem Aufsatz unter dem Zapfhahn stand. An der Decke hing ein Kronleuchter, der aus Bierflaschen bestand und extra für die Suite angefertigt worden war. Ich knipste fleißig Fotos mit meinem Smartphone, um Isabel und Sebastian die jeweiligen Zimmer möglichst detailliert präsentieren zu können. Dabei hatte ich immer ein Auge auf die Uhrzeit, weil ich im Anschluss an die Hotelbesichtigung noch einen Termin mit meiner Freundin Britta hatte, der Inhaberin der Bäckerei und Konditorei Backhuus, die für die Kuchen und die Hochzeitstorte zuständig war.

„Meinst du, unser Hotel könnte dem Pärchen gefallen?“, fragte mich Louisa, nachdem sie mir alles gezeigt hatte.

„Prinzipiell schon. Für die Hochzeit soll es ja meistens eher romantisch sein, doch ich kann mir gut vorstellen, dass euer Hotel in die engere Auswahl kommen wird. Immerhin ist der Bräutigam Sportler und die Braut Model. Da haben beide bestimmt etwas für eine In-Location mit sportivem Flair übrig. Aber versprechen kann ich leider nichts. Wobei ich es wirklich toll finde, dass du uns extra den Termin freihältst. Für langfristige Planungen bleibt leider bei diesem Paar keine Zeit. Ich schaue mir noch zwei oder drei weitere Hotels an, und am Ende haben die beiden selbstverständlich das letzte Wort."

„Okay, halt mich auf dem Laufenden."

Louisa und ich verabschiedeten uns per Handschlag, und ich versprach, mich umgehend bei ihr zu melden, sobald es Neuigkeiten gab.

Ich startete mein Auto, rollte wieder vom Parkplatz runter und brauste dann im Eiltempo die Straße entlang, die vom Ortsteil Ording ins Dorf führte, um mit Britta über die verschiedenen Hochzeitstorten zu sprechen, die sie im Angebot hatte. Auf dem Weg zur Konditorei telefonierte ich noch schnell mit einem befreundeten Fotografen aus dem Ort, der sich auf Hochzeiten spezialisiert und den Auftrag für diese Hochzeit übernommen hatte und besprach mit ihm letzte Details. Als ich aufgelegt hatte, schaute ich auf die Zeitanzeige meines Wagens und stellte fest, dass ich fast eine halbe Stunde zu spät dran war. Ich beschleunigte und schaltete vom dritten in den vierten Gang. Nach wenigen

Metern kam mir auf der Gegenfahrbahn ein dunkler Golf entgegen. Unwillkürlich blieb mein Blick an dem Gesicht des Fahrers hängen, das mir bekannt vorkam. Fast hätte ich vor lauter Schreck eine Vollbremsung gemacht. Das konnte doch nicht wahr sein! Nein, ich hatte mich bestimmt getäuscht. Plötzlich klopfte mein Herz so stark, dass ich fürchtete, es könnte zerspringen. Für den Bruchteil einer Sekunde hatte ich doch tatsächlich geglaubt, Klaas am Steuer des Wagens zu erkennen. Aber das schien mir nach dem ersten Schreck eher unwahrscheinlich. Nach unserer geplatzten Hochzeit war er nämlich sang- und klanglos aus St. Peter-Ording verschwunden. In den letzten beiden Jahren war er nur ganz sporadisch in der alten Heimat gewesen und hatte sich bei keinem großartig blicken lassen. Nur mit seinem besten Kumpel Ocke, der in Brittas Laden als Bäcker und Konditor arbeitete, hatte er sich hin und wieder getroffen – und das sollte schon was heißen, waren die beiden doch von Kindheitsbeinen an durch dick und dünn gegangen. „Der braucht sich gar nicht einzubilden, dass wir weiterhin die besten Kumpels sind, wenn er hier nur alle Jubeljahre mal aufkreuzt“, hatte

Ocke nach Klaas' letzter Stippvisite in St. Peter-Ording mit verschränkten Armen geschimpft. „Da gehört ein bisschen mehr zu, als sich an einem Abend auf ein Bier zu treffen. Nicht nur wegen eurer vermurksten Beinahe-Hochzeit, sondern auch wegen seinem Verhalten mir gegenüber, bin ich echt sauer. Das habe ich ihm auch gesagt. Nein, so geht man nicht mit Freunden um." Ocke hatte ihm bis heute nicht verziehen, dass Klaas ihre Freundschaft einfach so vor sich hin plätschern ließ, seitdem er aus St. Peter-Ording weggegangen und sich eine neue Existenz als Leiter eines Wellness-Hotels in der Nähe von Münster aufgebaut hatte. Klaas hatte sich verständlicherweise keine Freunde gemacht mit seinem unrühmlichen Abgang. Aber war er es wirklich, der da hinter dem Steuer gesessen hatte?

Bei dem flotten Fahrtempo, das ich und auch der Golffahrer draufgehabt hatten, konnte man sich schon mal vertun. Bestimmt war es so gewesen. Vermutlich lediglich ein Tourist, der eine gewisse Ähnlichkeit mit Klaas aufwies, versuchte ich mich zu beruhigen und meinen Herzschlag wieder auf die normale Schlagzahl herunterzufahren.

Als ich meinen Wagen gegenüber vom Backhuus parkte und ausstieg, hatte ich merklich weiche Knie. Ich ärgerte mich fast ein wenig über mich selbst, dass mich längst vergangen geglaubte Gefühle so einholen konnten. Denn eigentlich hatte ich gedacht, dass ich mit den Ereignissen der Vergangenheit Frieden gemacht hätte – und dann brachte mich irgendein Autofahrer, der zufällig und im Vorbeifahren ein bisschen Ähnlichkeit mit Klaas hatte, so aus dem Konzept, dass ich den Schreck meines Lebens bekam. Ich blieb kurz vor dem Eingang vom Backhuus stehen, um mich zu sammeln. Dann atmete ich tief durch und ging in das Ladenlokal hinein.

„Moin Jette! Was ist denn mit dir los? Du siehst ja aus, als hättest du einen Geist gesehen", empfing mich Britta, als ich durch die geöffnete Eingangstür ins Backhuus trat. Sofort stieg mir der unverkennbare Duft von frisch gebackenen Brötchen und warmem Brot in die Nase. Der Laden war in der Hauptsaison stets gut von Touristen und Kurgästen besucht, sodass auch heute fast alle Tische belegt waren.

„Moin Britta! Ich habe tatsächlich einen Geist gesehen, einen Geist, der Klaas heißt", erwiderte ich und musste bei dem Gedanken sogleich den Kopf schütteln und fast über mich selbst lachen. Es klang sogar noch absurder, wenn ich es aussprach. Anscheinend saß der Schreck mir doch noch gehörig in den Knochen, wenn es sogar meiner Freundin sofort aufgefallen war, dass etwas mit mir nicht stimmte.

Britta schäumte Milch für einen Cappuccino auf. „Wie bitte?", rief sie über das zischende Geräusch der Maschine hinweg.

„Ich sagte, der Geist heißt Klaas", wiederholte ich das zuvor Gesagte lauter und langsamer, so wie man es für gewöhnlich bei älteren, schwerhörigen Leuten tat. Dabei schaute ich mir eine Anzahl von kunstvoll gestalteten Kuchen an, die meine Freundin in hohen Glasvitrinen anbot.

Britta garnierte den Cappuccino mit Kakaopulver und stellte die Tasse schließlich auf ein Tablett, auf dem sich bereits ein Teller mit einem Stück Erdbeertorte mit Sahne befand. Ihre Angestellte brachte das Tablett zu einem Tisch am Fenster, an dem eine rundliche Dame mit einem starken Sonnenbrand auf ihrem Dekolleté saß.

„Wieso denn Klaas?“, fragte Britta verwundert und wischte sich ihre Hände an einem feuchten Lappen ab. „Den habe ich schon seit Ewigkeiten nicht mehr gesehen.“

„Wahrscheinlich war es auch gar nicht Klaas, der mir in der Nähe vom Strandweg entgegengekommen ist. Es ging sowieso alles viel zu schnell. Vermutlich war es bloß jemand, der ihm ähnlich sah und mich deswegen an ihn erinnert hat.“

„Hm.“ Britta überlegte kurz. „Hast du auf das Kennzeichen geachtet?“

„Nein. Wie gesagt, es war vermutlich sowieso Einbildung. Aber trotzdem habe ich mich ziemlich erschrocken, das kann ich dir wohl sagen.“

„Mit Ruhm hat er sich damals wahrlich nicht bekleckert, als er dich einfach hat stehen lassen. Deswegen sollte er eigentlich bei einer Begegnung mit dir einen Schrecken bekommen und nicht umgekehrt“, fand Britta, womit sie natürlich recht hatte. „Da fällt mir ein, dass Klaas’ Mutter noch vorgestern hier gewesen ist. Sie hat Brot bestellt. Drei Brote, um genau zu sein. Ein bisschen viel für ein Ehepaar allein, oder? Wahrscheinlich haben sie Besuch. Könnte doch sein, dass es wirklich Klaas ist, oder? Der kommt doch ab und an bei seinen Eltern vorbei. Ich werde mal Ocke fragen, ob er was weiß, und dir dann Bescheid geben."

Ich winkte ab. „Ist bestimmt alles bloß falscher Alarm. Wahrscheinlich ist meine Fantasie mit mir durchgegangen. Vielleicht brauche ich auch einfach mal Urlaub. Aber lass uns mal lieber über die Hochzeitstorte für Sebastian und Isabel sprechen. Meine Mutter wird mir sowieso schon den Kopf abreißen, weil ich, die Rabentochter, nicht pünktlich zum 65. Geburtstag meines Vaters gekommen bin. Und vermutlich hat sie auch recht, dass Tante Gertrud kein einziges Stück Kuchen für mich übrig gelassen hat."

„Das macht nichts. Guck mal hier." Britta zeigte auf eine grüne Torte in Form eines Glücksklees, mit einer roten 65 aus Marzipan, die abseits auf einem Tischchen neben der Kasse stand. „Ich habe mir erlaubt, eine Vanillebuttercremetorte für deinen Vater zu seinem Ehrentag zu machen."

„Wie genial ist das denn?“ Ich ging um die Theke herum und drückte Britta. „Du bist echt ein Schatz, Britta. Weißt du eigentlich, welchen Bärendienst du mir dadurch erweist? Dafür hast du definitiv was bei mir gut. Danke dir!“

„Da nicht für“, winkte Britta ab. „So, und nun lass uns über die Hochzeitstorte für das Paar aus Hollywood sprechen“, sagte sie mit einem Augenzwinkern. „Ich mache nur noch eben die Bestellungen fertig. Am besten setzt du dich da hin.“ Sie zeigte auf einen Tisch im hinteren Teil des Ladens, der gerade frei geworden war. „Ich komme gleich mit der Mappe mit den Beispielfotos zu dir. Willst du was trinken?“

„Eine Apfelschorle, bitte.“

„Kommt sofort.“

Ich setzte mich an den Tisch und wartete auf Britta. Durch das große Fenster beobachtete ich einen Jungen und ein Mädchen, die nebeneinander auf der Straße Fahrrad fuhren und sich dabei an den Händen hielten. Das hatten Klaas und ich früher als Teenager auch gemacht. Ich verscheuchte den Gedanken und strahlte Britta an, die sich gerade gegenüber von mir niederließ.

„Dass du überhaupt noch kommst“, empfing mich meine Mutter mit vorwurfsvollem Ton, als ich nach 18 Uhr mit der in einem Karton verpackten Vanillebuttercremetorte den elterlichen Garten betrat. Mittlerweile stand schon das Abendessen auf dem festlich gedeckten Tisch auf unserer Terrasse.

„Moin!“ Ich stellte den Kuchenkarton auf einem Nebentisch ab, auf dem ein kaltes Buffet aufgebaut war, und gratulierte meinem Vater zu seinem Ehrentag. „Alles Gute, Papa.“ Ich umarmte ihn, und er drückte mir einen feuchten Kuss auf die Wange. Das tat er immer, ob an Weihnachten, Ostern, an meinem Geburtstag, an seinem Geburtstag, immer, wenn es was zu feiern gab.

„Wenigstens bringt sie ihren eigenen Kuchen mit“, begrüßte mich danach Tante Gertrud selten fröhlich gestimmt. Der Grund für ihre gute Laune saß in Person von Petter Grube neben ihr und bot mir sogleich ganz gentlemanlike seinen Sitzplatz an, den ich allerdings dankend ablehnte, um die Torte im Kühlschrank zu verstauen. „Die Vanillebuttercreme läuft mir sonst davon“, erklärte ich entschuldigend.

„Mach nur, Henrijette. Und wenn du gleich wiederkommst, dann muss ich dir unbedingt was erzählen. Das glaubst du nicht ...“, kündigte Tante Gertrud an und war offenkundig erfreut darüber, dass ich Petter Grubes Angebot nicht angenommen hatte und er weiterhin ihr Sitznachbar blieb.

Ich folgte meiner Mutter, die noch mehr Besteck und Teller holen wollte, mit dem Kuchen in die Küche.

Meine Mutter öffnete den Kühlschrank und räumte etwas Platz frei. „Für die Torte ist es ja jetzt leider zu spät“, erinnerte sie mich noch mal an meine Unpünktlichkeit.

„Ja, Mama. Ich weiß. Aber die Torte hält sich bestimmt noch zwei oder drei Tage. Die könnt ihr dann morgen essen.“ Ich hob den Deckel, um meiner Mutter den essbaren Vanillebuttertraum in Grün zu zeigen.

„Oh!“ Ihre Augen weiteten sich, und sie hob anerkennend die Augenbrauen.

„Von Britta.“

„Na, die Torte fotografieren wir aber erst, bevor wir sie anschneiden. Ist ja eigentlich viel zu schade, um sie zu essen.“

„Ich soll dich und Papa übrigens schön von Britta grüßen“, sagte ich.

„Danke. Grüß sie mal zurück, falls du sie eher sehen solltest als ich. Ich muss vor dem Wochenende eh noch frisches Brot kaufen.“

„Apropos Brot ... sag mal, Mama, hast du eigentlich was von Klaas' Eltern gehört in der Zwischenzeit?“, erkundigte ich mich und legte Messer und Gabeln auf einen großen Teller.

„Klaas' Eltern?“, fragte sie verwundert. „Nein. Wieso? Wir grüßen uns zwar, wenn wir uns sehen, aber mehr auch nicht. Das letzte Mal habe ich sie im Winterdorf getroffen. Seitdem sie nach Ording gezogen sind, verläuft sich das alles. Und was haben die denn mit Brot zu tun?“

Ich erzählte meiner Mutter von den bestellten Broten und welche Vermutung Britta aufgestellt hatte.

„Aber nur weil sie an einem Tag mal drei Brote bestellt hat, heißt das doch nicht automatisch, dass Klaas wieder in St. Peter ist. Das kann zig Gründe haben. Ich habe letztens auch ein großes Graubrot extra gekauft. Aber nicht für uns, sondern für die alte Frau Thesen von nebenan, weil sie so Schmerzen in den Beinen hatte und es nicht bis zum Bäcker geschafft hätte. Vielleicht hat Moni auch etwas für die Nachbarn besorgt."

„Hm", machte ich und setzte mich auf einen Stuhl, der an dem kleinen Tisch in der Küche stand. „Das kann natürlich sein. Aber weißt du, mir ist vorhin ein Auto entgegengekommen, und ich hätte schwören können, dass Klaas hinterm Steuer saß. Ich habe irgendwie ein merkwürdiges Gefühl", gab ich zu.

„Und wenn schon. Soll er doch kommen oder von mir aus schon hier sein. Außerdem bist du ja auch längst über ihn hinweg."

Das habe ich bis heute auch geglaubt, dachte ich und sagte leichthin: „Klar, bin ich über ihn hinweg."

„Na, also." Meine Mutter drückte mir den Teller mit Besteck in die Hände. „Aber wenigstens ist Tante Gertrud heute handzahm. Wir sollten sie zukünftig immer in Begleitung von Petter Grube einladen. Ich weiß zwar nicht, wie er das macht, aber in seiner Gegenwart ist sie wie ausgewechselt. Richtig fröhlich und gesellig. Sie hat heute noch keinen Streit vom Zaun gebrochen, geschweige denn ein böses Wort verloren."

„Tja, wie heißt es so schön? Gleich und gleich gesellt sich gern“, antwortete ich und konnte mir ein Schmunzeln nicht verkneifen.

„Was sollen die denn gemeinsam haben?“

„Die Leichen, Mama, die Leichen.“ Meine Mutter lachte laut los. „Dann haben die Leichen, die ihren Weg pflastern, wenigstens uns den Familienfrieden gebracht.“

Ich hatte mich mit einem Teller Kartoffelsalat und einem Stück Fisch auf einen Platz zwischen Tante Gertrud und meinem Vater gesetzt. Erst jetzt, als ich nach den vielen Terminen des Tages langsam zur Ruhe kam, merkte ich, wie hungrig ich war, und dass ich das Mittagessen hatte ausfallen lassen. Die meisten Gratulanten waren schon im Laufe des Tages bei meinem Vater gewesen, sodass wir nun in einer gemütlichen Runde beisammensaßen, über dieses und jenes redeten, dabei aßen und tranken und den lauen Abend genossen. Es war schon fast unheimlich harmonisch!

Irgendwann beugte sich meine Tante zu mir rüber. „Ich muss dir unbedingt noch was erzählen, Henriette“, raunte sie mir zu. „Das glaubst du nicht.“

Ich lehnte mich auch zu ihr. „Du machst es aber spannend. Was ist denn los?“

Tante Gertrud setzte sich nun gerade hin, überschlug ein Bein und schüttelte leicht amüsiert den Kopf. „Also, das was mir passiert ist, wird vermutlich spätestens morgen das große Klatsch-Thema in St. Peter sein“, sagte sie wichtigtuerisch und schaute dabei in die Runde, denn mittlerweile hatten auch meine Eltern und Petter Grube mitbekommen, dass Tante Gertrud etwas scheinbar Bedeutendes erzählen wollte. „Ich bin heute wie immer ganz früh ins Wäldchen gegangen, um mein Walking-Training zu absolvieren. Auf halber Strecke kommt mir dann in einer Kurve ein Jogger entgegen und hätte mich fast umgerannt, wenn ich nicht noch in letzter Sekunde einen Satz zur Seite in die Botanik gemacht hätte.“

„Das mit den Joggern wird immer schlimmer“, meinte meine Mutter.

„Bestimmt ein Tourist aus der Großstadt, der in St. Peter die Sau rauslassen will“, war sich mein Vater sicher.

„Was für ein Rüpel“, entrüstete sich Petter Grube.

„Und was ist dann passiert?“, fragte ich.

„Er hat es bemerkt und ist zu mir gekommen, um sich zu entschuldigen und zu erkundigen, ob ich mir wehgetan habe.“

„Das ist ja auch das Mindeste“, meinte Petter Grube und schnaubte verächtlich.

„So ist es“, stimmte ihm mein Vater zu. „Alles Rowdys.“

„Aber wirklich“, sagte meine Mutter.

„Das passiert ja nicht gerade selten. Besonders auf dem Deich gibt es immer mal wieder Zusammenstöße von Fußgängern mit Fahrradfahrern oder Leuten, die zu schnell auf ihren Inlinern unterwegs und nicht gut im Bremsen sind“, berichtete ich und goss mir aus einer Karaffe noch ein Wasser mit Zitrone ein.

„Deswegen gehe ich auch nicht auf dem Deich walken. Viel zu gefährlich und viel zu viele Leute unterwegs. Das Wäldchen kann zwar nicht ganz mit der Aussicht über die Salzwiesen bis zum Meer mithalten, doch ist es dort für gewöhnlich einigermaßen sicher.“

„Hast du dir denn wehgetan, Gertrud?“, wollte meine Mutter wissen.

„Nein, nein. So tatterig bin ich ja schließlich auch noch nicht, dass mich ein Sprung zur Seite gleich ins Krankenhaus befördert."

„Oder ins Leichenschauhaus", rutschte es mir nuschelnd zwischen einer Gabel Kartoffelsalat raus. Ich beförderte gleich noch ein großes Stück Fisch hinterher, damit ich mit Kauen beschäftigt war und mir keine weiteren sarkastischen Bemerkungen mehr über die Lippen kommen konnten.

Mit einem Seitenblick auf Tante Gertrud stellte ich erleichtert fest, dass sie nichts von meinem Kommentar mitbekommen hatte und ihre Geschichte weitererzählen wollte. „Der Jogger ist dann jedenfalls zu mir gekommen und hat mir aus dem Gestrüpp geholfen. Und als er mit mir geredet hat, kam mir die Stimme irgendwie bekannt vor, doch ich konnte sie nicht zuordnen. Ich hatte meine Brille nicht auf, und ihr wisst ja, dass ich ohne mein Nasenfahrrad leicht kurzsichtig bin. Aber beim Sport ist die Brille so unpraktisch."

„Da könnten dir eventuell Kontaktlinsen helfen", schlug ich vor.

„Ach, papperlapapp. Ich friemel mir doch nicht irgendwelche Fremdkörper in die Augen. Bis ich die drin habe, ist es mittags."

„War ja nur ein Vorschlag."

„Das ist alles eine Sache der Übung. Ich kann mich erinnern, dass Moni damals auch welche hatte und von den Linsen total begeistert war", sagte meine Mutter.

„Moni? Welche Moni denn?", fragte mein Vater.

„Moni, du weißt schon, die Mutter von dem, dessen Name nicht genannt werden darf", antwortete ich ihm im verschwörerischen Ton. Ich hatte keine Lust auf weitere Gespräche über Klaas an diesem Tag. Mein Bedarf war gedeckt.

„Ach, die Moni."

Mein Vater hatte mich verstanden. Nicht aber Tante Gertrud. „Ich weiß zwar nicht, von welcher Moni ihr redet, aber das ist mir auch schnuppe. Kontaktlinsen kommen mir jedenfalls nicht in die Augen. So schlecht sind meine Augen schließlich auch nicht, wie ich erst heute feststellen durfte."

Ich legte Tante Gertrud eine Hand auf die Schulter. „Das glauben wir dir. Und solange du den Weg nach

Hause findest, ist doch alles gut. Keiner möchte dir hier Kontaktlinsen aufschwatzen."

„Und selbst, wenn es so wäre, würde ich mir keine aufschwatzen lassen." Sie schob ihre Brille höher auf die Nase. „Denn ich habe den Jogger auch ohne Brille erkannt. Und ich kann euch sagen, es war kein Unbekannter."

Tante Gertrud machte eine Kunstpause und genoss unsere ungeteilte Aufmerksamkeit sichtlich.

„Nun mach es nicht so spannend und komm zum Punkt, Gertrud. Wir wollen, wenn es geht, noch vor meinem 66. erfahren, wer dieser ominöse Jogger denn nun war", bemerkte mein Vater, der es immer schon gehasst hat, auf die Folter gespannt zu werden.

Aber Tante Gertrud ließ sich dennoch etwas Zeit mit der Auflösung, nippte zuerst an ihrer Weißweinschorle und blickte dann in Runde, bevor sie mit bedeutungsschwangerer Stimme den Namen sagte: „Klaas."

3. Kapitel

Ich hatte in der letzten Nacht kaum geschlafen. Oder vielmehr, ich hatte überhaupt nicht geschlafen. Kein Auge hatte ich zugetan. Stattdessen hatte ich intensiv die Zimmerdecke meines Schlafzimmers betrachtet und die ganze Zeit wahlweise Tante Gertruds Stimme oder das monotone Summen einer Mücke im Ohr gehabt. Wie Tante Gertrud seinen Namen gesagt hatte: „Klaas." Ich spürte, wie sich mein Magen zusammenzog und ich mich darüber ärgerte. Das war doch alles schon über zwei Jahre her. Schnee von gestern. Kalter Kaffee.

Da sollte ich doch mittlerweile längst drüber hinweg sein. Schließlich war ich keine 14 mehr, sondern 34. Und trotzdem zog es bei dem Gedanken an Klaas in meiner Herzgegend. Oh, diese blöde Mücke! Ich knipste das Licht meiner Nachttischlampe an und bewaffnete mich mit einem Schlappen, der vor meinem Bett gelegen hatte. Ich suchte die hellen Wände meines

Schlafzimmers ab, konnte den Übeltäter aber nicht ausmachen. Schließlich schaltete ich die große Deckenlampe an. In der Festbeleuchtung entdeckte ich das surrende Etwas an der Zimmerdecke. Ich stieg auf mein Bett und schlug auf die Stelle, an der das Insekt hockte. Mist! Vorbei! Ich versuchte es erneut, verfehlte es erneut und spürte, wie mein Ärger immer weiter anschwoll. Worüber ich mich konkret ärgerte, konnte ich allerdings nicht genau sagen. War es tatsächlich die Mücke oder eher der Gedanke an Klaas? Ich ließ mich erschöpft auf mein Bett plumpsen. Das war doch alles verrückt. Im Endeffekt war gar nicht erwiesen, dass Klaas überhaupt in St. Peter war. Es waren alles nur Vermutungen. Wer wusste schon, ob Tante Gertrud ihn wirklich erkannt hatte. Sie war ohne Brille blind wie ein Maulwurf. Vermutlich würde sie auch die Queen an der Stimme im Wald von St. Peter erkennen, wenn es sich nur um eine Frau handelte, die Englisch sprach. Tante Gertrud hatte höchstens zwei- oder dreimal mit Klaas geredet, in der ganzen Zeit, in der wir ein Paar waren. Klaas war Tante Gertrud nämlich bewusst aus dem Weg gegangen. Sie hatte kein Geheimnis daraus gemacht, dass sie Klaas nicht leiden konnte, ihre Abneigung gegen ihn aber nie erklärt. „Falsche Fuffziger erkenne ich zehn Meilen gegen den Wind“, hatte sie damals gesagt. „Mit solchen Leuten habe ich Erfahrung. Und Klaas ist einer von denen.“

Damit mochte sie recht gehabt haben. Ich stand vom Bett auf, um wieder auf Mückenjagd zu gehen, damit es mit dem Schlaf noch was wurde. Und falls Klaas wirklich wieder da war, konnte ich mir immer noch Gedanken machen.

Morgens trieb mich der durchdringende Klingelton meines Handys aus dem Bett. Ich hatte das Mobiltelefon zwar in der Küche liegen gelassen, doch war es dermaßen laut, dass ich einen Anrufer nicht ignorieren konnte, egal, wo ich mich in meiner Wohnung befand. Ich schlüpfte schlaftrunken in meine Hauslatschen und eilte in die Küche. Als ich dort ankam, verklang der Klingelton. Ich rieb mir den Schlaf aus den Augen, gähnte ausgiebig und reckte mich. Mit einem Blick auf meine Wanduhr, die neben meinem Kühlschrank hing, stellte ich fest, dass es sowieso bald Zeit zum Aufstehen gewesen wäre. Ich nahm das Handy, um nachzusehen, wer versucht hatte, mich zu erreichen. Auf dem Display erschien Brittas Name. Bestimmt hatte sie Ocke wegen Klaas gefragt und wollte mir berichten, was er gesagt hatte. Ich setzte mich auf einen Stuhl und starrte einen Moment das Handy an. Mein Finger schwebte über der Rückruftaste, aber ich konnte mich nicht überwinden, sie zu drücken, weil ich Angst vor dem hatte, was Britta mir erzählen könnte. Ich war in der letzten Zeit sehr gut ohne Klaas ausgekommen, hatte gar nicht mehr an ihn gedacht und wirklich geglaubt, mit dem Thema durch zu sein und einen neuen Lebensabschnitt begonnen zu haben, in dem er keine Rolle mehr spielte. Ich wollte nicht an den Schmerz erinnert werden, der mich nach der Trennung monatelang verfolgt hatte. Ich war einfach nicht bereit, mich erneut den unschönen Dingen von damals zu stellen. Besonders betrübte mich jedoch die Erkenntnis, dass die Vergangenheit immer noch so viel Macht über mich hatte. Deswegen entschied ich mich, Britta nicht zurückzurufen. Noch nicht. Vielleicht heute Nachmittag. Vielleicht würde ich irgendwo zufällig Tante Gertrud treffen und mir einen Schluck von ihrem

Selbstgebrannten genehmigen. Danach konnte mich vermutlich nichts mehr aus den Socken hauen.

Ich hatte mich daran gehalten und Britta nicht zurückgerufen. Sie hatte sich auch nicht wieder bei mir gemeldet. Vermutlich gab es genug im Laden zu tun. Das sollte mir recht sein. Ich hatte mich nach einer Tasse Tee zum Wachwerden in maritime Sommerklamotten geworfen und war zu einem Hotel gefahren, in dessen Restaurant ich eine Verabredung zum Frühstück mit Isabel Heinen hatte, um über die Planung der Hochzeit zu reden.

Das Hotel lag gleich hinter den traumhaften Salzwiesen an der Seebrücke im Ortsteil Bad. Das Restaurant des Hotels bestach besonders durch seine hohen Glasfronten zur Meerseite, die den Gästen einen nahezu uneingeschränkten Blick auf die Nordsee boten. Es war ein traumhafter Sommermorgen, und deswegen wollte sich Isabel auf der großen Seeterrasse mit mir treffen, die bei schönem Wetter immer bis auf den letzten Platz belegt war. Trotz der frühen Uhrzeit waren nur noch wenige Stühle frei. Aus dem Inneren des Restaurants strömte mir der Duft von frisch gebackenen Waffeln und Kaffee entgegen. Ich musste das Model trotz der gut besuchten Terrasse nicht suchen, denn sie stach auf den ersten Blick aus der Masse hervor. Sie war wie aus dem Ei gepellt. Ihre langen blonden Haare glänzten, und ihr Gesicht war perfekt geschminkt. An ihren Ohren baumelten überdimensional große Goldkreolen und auf ihrem Kopf saß ein weißer Sonnenhut, der ihr ein mondänes Aussehen verlieh. Sie trug ein marineblaues Sommerkleid und dazu weiße Riemchensandalen. Natürlich waren auch ihre Fußnägel tadellos in einem Korallenton lackiert. Isabel war so intensiv mit einem iPad beschäftigt, dass sie mein Kommen gar nicht bemerkt hatte.

„Guten Morgen", begrüßte ich sie, bevor ich mich setzte.

Sie ließ ihren Tablet-PC sinken. „Oh, guten Morgen. Tut mir leid. Ich habe Sie gar nicht kommen hören", sagte sie entschuldigend und erhob sich, um mir die Hand zu geben. „Es ist immer das Gleiche. Beschäftige ich mich mit meinen E-Mails, dann vergesse ich alles um mich herum. Meine Aufmerksamkeit gehört dann völlig diesen Nachrichten. Ich wollte nicht unhöflich sein."

„Ach was“, entgegnete ich und nahm mir die Getränkekarte aus einem Halter, der sich auf dem Tisch befand. „Da gibt es doch Schlimmeres.“

„Oh, ja. Das ist wohl richtig“, stimmte sie mir lächelnd zu. „Sie haben bestimmt schon alles erlebt, oder? Was war das Schlimmste, das jemals bei einer Hochzeit passiert ist? Ist schon mal jemand vor dem Altar stehen gelassen worden? Oh Gott, das wäre mein absoluter Albtraum. Es gibt doch diesen Film mit Julia Roberts, wissen Sie?“ Isabel Heinen lachte, als hätte sie gerade einen wahnsinnig komischen Witz zum Besten gegeben.

Ich hingegen hatte das Gefühl, als hätte mich ein Schlag in die Magengegend getroffen, versuchte aber trotzdem, Haltung zu bewahren, und bemühte mich um ein möglichst unverkrampftes Lächeln.

„Wie heißt der Film noch gleich?“, wollte sie wissen.

„Die Braut, die sich nicht traut“, brachte ich mit Mühe hervor.

„Ja! Genau! Aber so etwas passiert ja Gott sei Dank nur in Filmen aus Hollywood.“

„Ja, genau.“ Und in St. Peter-Ording auch. Ganz

ohne Drehbuch sogar. Ich merkte, dass mir das professionelle Lächeln immer schwerer fiel.

„Stellen Sie sich das mal vor. Da plant man seine eigene Hochzeit, hat alles fertig, die Gäste sind da, und der Standesbeamte ist auch startklar, und dann kommt der Bräutigam nicht. Das ist ja völlig absurd." Isabel Heinen lachte nun noch lauter. „Oder ist Ihnen so etwas jemals bei einer Hochzeit passiert?"

Ja. Ist es. Stellen Sie sich das mal vor, dachte ich. „Nein. Natürlich nicht", log ich jedoch und überlegte, wie ich dieses leidige Thema möglichst schnell abschließen konnte. „Wo ist eigentlich Ihr Zukünftiger? Möchte er nicht in die Planung involviert sein?"

Isabel Heinen winkte ab. „Der ist froh, wenn ich mich darum kümmere und er nicht viel entscheiden muss. Er vertraut meinem Geschmack vollkommen, hat er gesagt. Außerdem ist er sowieso in Hamburg. Er trainiert gerade mit der Mannschaft. Das ist sein Ding. Mit der Organisation von festlichen Anlässen hat er es nicht so."

„Aha", sagte ich matt und war froh, dass wir nicht weiter über geplatzte Hochzeiten redeten.

„Ist wohl typisch Mann. Es reicht, wenn ich ihm alles erzähle, hat er gesagt. Er segnet dann bloß meine Entscheidungen ab."

Eine Kellnerin kam, und wir bestellten Frühstück. Das heißt, ich bestellte Frühstück. Isabel Heinens Start in den Tag bestand lediglich aus einer Grapefruit ohne Zucker und einer Tasse Grüntee – ebenfalls ungesüßt. Ich fragte mich, wie sie davon satt werden wollte und ob so ein Leben überhaupt Spaß machte, wenn man rund um die Uhr auf Diät war.

„Für mich ist es wichtig, dass ich in alle Einzelheiten einbezogen werde. Die Hochzeit soll perfekt werden. Da möchte ich nichts dem Zufall überlassen", unterbrach Isabel meine Gedanken.

„Das ist doch selbstverständlich", stimmte ich ihr zu.

„Wunderbar! Ich habe extra nur ganz wenige berufliche Termine angenommen, damit ich möglichst viel Zeit für die Hochzeitsplanung habe." Das Model kramte in ihrer Korbtasche und beförderte ihren Terminkalender hervor.

„Morgen wollen wir das Hochzeitskleid aussuchen. Dazu kommt extra jemand mit Designer-Kleidern ins

Hotel“, erklärte sie eifrig. „Das Fernsehteam wird auch dabei sein und mich in den Kleidern filmen. Drehbeginn ist elf Uhr, und um acht Uhr wird schon die Visagistin auf der Matte stehen. Es wäre schön, wenn Sie dann auch für den Dreh ins Hotel kommen könnten.“

„Ich?“

„Ja, natürlich.“

„Warum soll ich denn auch kommen?“, fragte ich, da sich mir der Zusammenhang zwischen meiner Person und dem Erscheinen der Visagistin nicht erschloss.

„Na, Sie sind doch schließlich meine Hochzeitsplanerin und müssen ebenfalls in der Doku zu sehen sein. Sonst denken die Leute hinterher noch, dass ich alles alleine plane.“

„Okay … na gut, dann bin ich morgen pünktlich zur Maske anwesend“, sagte ich und notierte mir den Wunsch des Models in meinem Terminkalender. Ich fühlte mich zwar ein wenig zur Statistin degradiert, doch es war meine Aufgabe, die Wünsche meiner Klienten zu erfüllen.

Nach dem Termin mit Isabel schwirrte mir der Kopf. Dieser Auftrag würde mir zwar ein großzügiges Honorar einbringen, doch er war auch mit einer Menge Arbeit verbunden, die innerhalb einer Rekordzeit zu absolvieren war. Ich lief gerade auf mein Auto zu, als mein Handy klingelte. Ich schluckte, als ich Brittas Namen auf dem Display las, da ich wusste, dass sie natürlich wegen Klaas anrief, das hatte sie mir ja versprochen. Ich zögerte einen Moment, ging dann aber ran. Schließlich konnte ich dem Gespräch nicht ewig aus dem Weg gehen. „Hallo?“

„Moin, Jette. Britta hier.“

„Moin, Britta“, sagte ich leicht atemlos und schloss die Autotür auf.

„Ich hatte vorhin schon mal probiert, dich zu erreichen …“

„Ich weiß, entschuldige, ich habe es nicht geschafft zurückzurufen. Ich hatte heute früh einen Termin mit Isabel“, sagte ich und setzte mich ins Auto.

„Mit wem?“

„Dem Model.“

„Ach so, mit der. Du, ich habe Ocke übrigens wegen Klaas gefragt.“

„Ja?“ Mein Herz begann schneller zu klopfen. Jetzt war die Stunde der Wahrheit gekommen. „Was hat Ocke gesagt?“ Bitte, bitte, lieber Gott, lass Ocke gesagt haben, dass Klaas nicht in St. Peter-Ording war, betete ich vor mich hin und hielt vor Spannung die Luft an.

„Ocke hat Moni getroffen, und Moni hat ihm dann von einer Familienfeier erzählt, an der auch Klaas erwartet wird.“

„Klaas hasst Familienfeiern“, unterbrach ich sie. „Er macht um solche Feste immer einen großen Bogen.“

„Ich weiß. Aber dieses Mal scheint er da eine Ausnahme gemacht zu haben. Moni hat Ocke auch zu der Feier eingeladen.“

Ich spürte, wie mir plötzlich heiß wurde. „Das heißt Klaas ist hier?“, fragte ich mit krächzender Stimme.

„Ja, er ist in St. Peter.“

„Seit wann?“

„Seit drei Tagen.“

„Oh. Er hätte mir also seit Montag über den Weg laufen können.“

Die nächsten Tage verbrachte ich damit, einer zufälligen Begegnung mit Klaas aus dem Wege zu gehen und mich ständig daran zu erinnern, dass ich mir geschworen habe, nie wieder ein Wort mit ihm zu wechseln. Nie wieder und unter keinen Umständen – das war für mich absolut klar. Ich war völlig durch den Wind, seitdem ich wusste, dass er da war, und ertappte mich dabei zu glauben, ihn überall in St. Peter-Ording zu sehen. Glücklicherweise nahm mich jedoch Isabel gänzlich in Beschlag. Das Model forderte meine uneingeschränkte Aufmerksamkeit, was schon bald zu einer Rund-um-die-Uhr-Betreuung ausuferte, wobei meistens jeder Schritt gefilmt wurde.

„Und das ist die Ocean Suite mit Meerblick." Louisa öffnete die Tür, und unser Blick fiel geradewegs auf eine bunte kugelförmige Leuchte, und daneben standen bequeme helle Sofas im nordischen Stil und ein abgewetzter Holztisch im Shabby Chic. Das absolute Highlight der Suite war jedoch das Badezimmer, das sich mitsamt seiner gläsernen Dusche mitten im Zimmer befand. „Ideal für Honeymooner."

Isabel schaute sich um und nickte. „Das würde Sebastian gefallen", sagte sie zu meiner Erleichterung. Wir hatten an dem Tag schon zwei Hotels mit dem Kamerateam im Schlepptau besichtigt. Nachdem ich dem Model vorab alle Fotos der verschiedenen Suiten gezeigt hatte, waren am Ende drei noble Bettenburgen übrig geblieben. Die eine war ihr zu romantisch, die andere zu abgelegen, sodass ich befürchtete, das Paar am Ende gar nicht in St. Peter-Ording unterbringen zu können, sondern eventuell bis nach Sylt ausweichen zu müssen. Umso erleichterter war ich nun, mit dem letzten Hotel doch noch ihren Geschmack getroffen zu haben.

„Kommen Sie mit, ich zeige Ihnen den Schlafbereich auf der zweiten Ebene", bot Louisa an und stieg mit Isabel eine Treppe hinauf, dicht gefolgt vom Kamerateam.

Ich blieb unten, betrat derweil den Balkon mit Meerblick und genoss es, für ein paar Minuten einfach nur über den Deich zu schauen, weiter zum Strand, auf dem Kinder mit ihren Eltern Drachen steigen ließen und wo mitten im Watt eine Schaukel stand, an der mein Blick hängen blieb. Es war unsere Schaukel. Die Schaukel von Klaas und mir. Erinnerungen an längst vergangene Tage wurden plötzlich wach. Tage, an denen wir unbeschwert und glücklich waren. Tage, an denen wir uns unsterblich fühlten und uns nie im Traum hätten vorstellen können, dass es je etwas geben könnte, was uns trennen würde. Tage, an denen wir bloß ein paar Zentimeter über den feuchten Untergrund baumelten und uns mit den Füßen hoch zum Himmel schwangen. Doch das war lange her, dachte ich schwermütig. So lange, dass es fast den Anschein erweckte, als wäre es nie geschehen. Als wäre es nur ein Tagtraum gewesen.

„Also, die Suite ist perfekt. Die nehmen wir", erklang die Stimme von Isabel hinter mir.

Ich zuckte unmerklich zusammen. Ich hatte nicht bemerkt, dass meine Klientin auf den Balkon getreten war. Zu sehr war ich in Gedanken versunken gewesen.

„Und dieser traumhafte Blick auf das Meer. Sebastian wird es lieben", verkündete sie und lehnte sich über das Geländer des Balkons.

„Freut mich, dass doch noch das Passende dabei gewesen ist", sagte ich und strich mir die Haare aus dem Gesicht, die vom Wind durcheinandergewirbelt wurden.

„Darf ich das als Zusage werten?“, fragte Louisa, die ebenfalls zu uns auf den Balkon gekommen war.

„Dürfen Sie“, antwortete Isabel überschwänglich.

Nach den Hotelbesichtigungen stand noch ein Besuch bei einer ortsansässigen Floristin im Dorf auf dem Programm, mit der wir die perfekte Blumen-Deko für die Tische und noch viel wichtiger den passenden Brautstrauß zusammenstellen wollten. Das Model und die Floristin schienen sofort auf einer Wellenlänge zu sein und besprachen verschiedene Arrangements. Da ich keine wichtige Funktion erfüllte, entschuldigte ich mich nach einer Weile, um vor dem Laden in Ruhe zu telefonieren. Meine Freundin Gabi hatte bereits am Morgen um einen Rückruf gebeten.

„Moin, Jette“, erklang ihre Stimme gutgelaunt.

„Moin, Gabi. Hab es leider nicht eher geschafft, mich zu melden.“

„Kein Problem. Bist du immer noch mit Reich und Schön unterwegs?“

Ich seufzte leise auf. „Ja. Immer noch. Wir sind gerade beim Floristen im Dorf. Und ihre To-do-Liste für heute ist noch lang.“

Ich hörte Gabi leise am anderen Ende der Leitung lachen. „Klingt richtig nach Arbeit."

„Oder nach sauer verdientem Geld. Ein Privatleben habe ich zurzeit nicht."

„Wer braucht schon ein Privatleben? Das wird eh überbewertet."

„Ja, ja, das sagt die Richtige. Du mit deinem Bräutigam Nummer vier in spe. Habt ihr schon die komplette Düne sieben für euch reserviert? Oder passen da noch welche drauf?", foppte ich sie.

„Keine Chance. Die gehört uns ganz allein."

„Na, dann. Aber sag, was hast du auf dem Herzen?" Ich setzte mich auf einen Gartenstuhl, der vor dem Blumenladen stand, und schaute auf die Straße.

„Ich war gestern bei Britta. Und die hat mir erzählt, dass Klaas gerade auf einem seiner seltenen Heimatbesuche ist. Stimmt das?"

„Sieht wohl so aus."

„Gibt's doch gar nicht! Hast du ihn schon gesehen?"

„Nein bzw. nur im Vorbeifahren. Er ist wegen eines Familienfests gekommen", erklärte ich Gabi.

„Komisch, dass du ihm noch nicht richtig über den Weg gelaufen bist."

„Ein Glück würde ich sagen!"

„Na ja, Jette, du weißt ja, das kann hier schneller passieren, als du gucken kannst. Na ja, wie auch immer. Ich wollte dich auch noch fragen, ob du Martha in zwei Wochen engagiert hast? Wenn nicht, würde ich es gerne tun. Ich brauche dringend eine Hochzeitssängerin, die Gospel-Songs singt, und Martha ist die einzige Sängerin, die mir da einfällt."

„Bei mir ist sie auf jeden Fall nicht im Einsatz. Ich frage sie nachher, ob sie Zeit hat, und gebe dir dann Bescheid."

„Super, danke!" Wir beendeten das Gespräch, und ich ging wieder zurück in den Blumenladen. Isabel und die Floristin hatten mittlerweile den Brautstrauß zusammengestellt. Ein Traum in Pastelltönen. Dazu hatten sie ebenfalls die passende Blumen-Deko für die Tische sowie kleine Sträuße für die Blumenmädchen kreiert.

„Jetzt merke ich erst, dass ich etwas Hunger habe", verkündete das Model.

„Wen wundert's? Es ist auch schon fast Nachmittag", stellte ich mit einem Blick auf mein Handy fest. „Lust auf ein verspätetes Mittagessen?" Der Vorschlag kam gut an, und wir verließen den Blumenladen. Ich kramte in meiner Tasche nach meinem Autoschlüssel und wäre auf dem Gehweg fast in einen Fußgänger hineingerannt.

„Vorsicht, junge Frau!", sagte eine männliche Stimme und zwei Hände fassten an meine Oberarme, um mich auf Abstand zu halten.

Ich zuckte zurück. „Oh, Verzeihung! Ich habe Sie gar nicht …" Weiter kam ich nicht. Stattdessen blieb mein Mund offen stehen. Ich schaute in ein vertrautes grünes Augenpaar, das ich so gut kannte wie kaum ein anderes.

„Jette?"

„Du?" Ich merkte, wie meine Knie weich wurden. Meinen Schwur, nie wieder auch nur ein Wort mit Klaas zu wechseln, hatte ich im Bruchteil einer Sekunde gebrochen. Ich musste mich zusammenreißen. Klaas durfte auf keinen Fall merken, wie sehr mich diese Begegnung aus dem Konzept brachte.

Er trat einen Schritt zurück und musterte mich von oben bis unten. „Du siehst toll aus", sagte er, wobei seine Augen leuchteten.

„Du auch", erwiderte ich und hätte mir am liebsten im gleichen Moment die Zunge abgebissen. Was war das denn für eine Antwort? Du auch! Ein schlichtes danke wäre hier garantiert angebrachter gewesen.

Wir schauten uns an, und keiner sagte ein Wort.

„Zu welchem Restaurant fahren wir denn?", rief einer der Kameraleute und riss mich aus meiner Schockstarre.

„Äh … ich fahr vor", rief ich. Der Name des Lokals war mir im Augenblick entfallen.

„Ja, dann", sagte Klaas. „Lass dich nicht aufhalten und guten Appetit."

„Danke", sagte ich und ging wie ferngesteuert auf mein Auto zu.

„Ich ruf dich an!", hörte ich ihn hinter mir herrufen.

„Du hast doch meine Telefonnummer gar nicht", erwiderte ich nun etwas selbstbewusster.

Er lächelte und sah mich direkt an. „Die kriege ich raus."

4. Kapitel

„Er will dich anrufen? Wirklich? Nach all dem, was war?“, fragte mich Britta ungläubig.

Nachdem ich Isabel am Abend am Hotel abgesetzt hatte, schickte ich sofort eine Textnachricht an Britta, um ihr mitzuteilen, dass ich in zehn Minuten bei ihr vorbeikommen würde.

Wir saßen in Brittas nordischer Küche, die durch die Farben weiß und blau bestach. An den Wänden befanden sich alte bemalte Kacheln, und auch der Boden war im Schachbrettmuster blau-weiß ausgelegt. Der alte gemauerte Herd war das imposante Schmuckstück der Küche. Zwar war die Decke wie in allen Friesenhäusern recht niedrig, aber durch eine große Gaube kam trotzdem genug Licht herein. Unter dieser Gaube saßen wir nun und meine Freundin konnte nicht aufhören, ihren Kopf zu schütteln.

Sie legte mir eine Scheibe Brot auf den Teller und

schob mir ein Pöttchen Griebenschmalz rüber, in dem ein Messer steckte. „Bedien dich."

„Danke." Ich griff nach dem Messer und bestrich das Brot dick mit dem Aufstrich. „Ist das lecker!" Ich hatte mich beim verspäteten Mittagessen mit dem Model und den Fernsehleuten zurückgehalten und bloß eine Tomatensuppe bestellt, um Isabel nicht zu brüskieren. Meine Klientin aß so auffallend wenig, dass selbst ein kleiner gemischter Salat wie eine XXL-Portion gegen ihre Mittagsration gewirkt hätte. Deswegen hatte ich das Gleiche bestellt wie sie – eine Suppe, ohne Beilage. „Und was machst du, wenn er anruft?", wollte sie wissen.

„Drangehen?" Ich zog die Augenbrauen hoch. „So höflich muss ich ja zumindest sein."

„Und wenn er versucht, den Kontakt wieder aufzunehmen?", fragte Britta.

„Keine Ahnung", gab ich zu. „Ich wünschte, mich würde unsere Begegnung kaltlassen, nach all der vergangenen Zeit. Tut sie aber nicht. Ein Blick in seine Augen, und um meine Gelassenheit war es geschehen."

„Oje. Du bist wirklich noch nicht über ihn hinweg",

stellte Britta fest. „Schwarztee oder Minze?“ Sie hielt mir zwei Packungen mit Tee hin.

„Schwarztee, bitte.“

Britta schüttelte wieder den Kopf. „Alte Liebe rostet nicht. Noch nicht mal bei unserem feuchten Seeklima.“

„Weißt du, was er zu mir gesagt hat?“, fragte ich sie. „‚Toll siehst du aus‘, hat er gesagt.“

„Aha“, antwortete sie wenig beeindruckt.

„Und ich habe ‚du auch‘ gesagt.“

„Und nun?“

„Tja …“ Mein Handy piepste und kündigte eine neue Textnachricht an. „Moment.“ Ich fischte mein Telefon aus der Tasche.

Britta hob abwehrend die Hände. „Sag nicht, dass es Klaas ist!“

Ich las die Nachricht. „Nein, da kann ich dich beruhigen. Es ist nicht Klaas. Martha hat geschrieben. Sie kann nicht auf der Hochzeit singen. Sie hat die Hauptrolle in einem Musical bekommen. Ach du meine Güte, was machen wir denn jetzt? Sie kann auch den ganzen Sommer nicht.“

Britta nahm einen Löffel Klüntjes aus einer Porzellandose und kehrte zum ursprünglichen Thema zurück. „Solange Klaas dich nicht um ein Date bittet, ist ja noch alles in bester Ordnung."

„Darauf würde ich mich auf keinen Fall einlassen", behauptete ich und bediente mich ebenfalls an den Klüntjes. Ich wusste zwar nicht, ob ich es im Ernstfall schaffen würde, ihn abblitzen zu lassen, wenn er mich fragte, aber für den Moment schloss ich jedenfalls nicht aus, standhaft zu bleiben.

Am nächsten Tag hatte ich eine Verabredung mit Isabel im Restaurant Muschelkiste, um das Hochzeitsmenü zu besprechen. Das Restaurant befand sich in einem urigen Pfahlbau am Südstrand von St. Peter-Ording. Ich parkte mein Auto im Ortsteil Böhl am Straßenrand und beschloss, den Termin mit dem Model mit einem kleinen Spaziergang zu verbinden. Ich lief zum Deich und folgte dann einem Weg, der mich zuerst durch Salzwiesen führte und dann direkt auf einen Holzsteg zulief. Ich blickte zu dem gestelzten Haus empor und entdeckte Isabel in ungefähr sechs Metern Höhe, an der Brüstungsbegrenzung der Außenterrasse. Sie hatte mich auch entdeckt und winkte mir zu, während ich die Holztreppe zum Restaurant erklomm. Oben angekommen, fiel mein Blick auf das Schild, das am Eingang angebracht worden war: Restaurant Muschelkiste – Fischspezialitäten und mehr. Isabel kam mir entgegen und lächelte mich an. „Es ist wirklich wunderschön hier!“, rief sie fröhlich gegen den Wind.

„Eines der schönsten Restaurants in St. Peter“, antwortete ich und gab ihr zur Begrüßung die Hand.

„Was für eine herrliche Aussicht.“ Sie schirmte die Augen vor der Sonne ab und ließ ihren Blick in die Ferne schweifen.

Wir blieben noch eine Weile gemeinsam auf der Veranda stehen und genossen den Blick über die Nordsee. Ein Kellner deckte gerade die Tische ein. Hier hatte mir Klaas bei einem Abendessen den Heiratsantrag gemacht. Damals war ich so voller Hoffnung und ohne jeglichen Zweifel gewesen. Rückblickend beneidete ich mich um dieses Gefühl, das ich in dieser Form seit dem Tag unserer geplatzten Hochzeit nie wieder verspürt hatte.

Der Vormittag verging wie im Flug. Nachdem wir das Menü besprochen hatten, verließ Isabel mit dem Kamerateam, das später hinzugekommen war, das Restaurant, und ich setzte mich zu Rebekka. Rebekka und ich hatten beruflich viel miteinander zu tun und waren dadurch Freundinnen geworden. Sie sah mir an, dass mich etwas bedrückte.

„Du siehst gestresst aus. Ist alles okay bei dir?", fragte sie mich.

„Ich habe ein kleines Problem. Martha kann nicht mehr für uns singen. Sie hat gekündigt. Dabei hatte ich sie für vier Hochzeiten in den nächsten zwei Monaten eingeplant. Ihre Kündigung kam ganz unverhofft", erzählte ich.

Rebekka hob die Augenbrauen. „Deine Hochzeitssängerin? Die, die schon so lange für dich arbeitet?"

„Genau die", bestätigte ich. „Sie hat die Zusage für ein Musical bekommen. Klar, dass sie keine Sekunde gezögert hat, es anzunehmen."

„Das ist ja blöd für dich. Und jetzt?"

„Und jetzt stehe ich für die geplanten Hochzeiten ohne Sängerin da, und weiß nicht, wie ich diese Feierlichkeiten ohne musikalischen Act bestreiten soll. Die Paare haben extra eine Hochzeitssängerin und kein

Streichquartett oder einen DJ gebucht, und so schnell werde ich für sie keinen Ersatz finden."

„Hm." Rebekka hatte ihre Stirn in Falten gelegt. „Muss es denn unbedingt eine Sängerin sein, oder ginge auch ein Sänger?"

Ich zuckte die Achseln. „Klar geht auch ein Sänger. Das ist eigentlich egal. Hauptsache jemand, der singen kann und aus der Umgebung kommt. Aber so jemanden kann ich mir nicht aus dem Ärmel schütteln."

„Du nicht. Aber vielleicht ich."

„Was hast du denn mit Sängern zu tun?", fragte ich überrascht.

„Eigentlich gar nichts. Ich habe ja eher was mit Fischfilet und Krabben zu tun." Sie lachte. „Aber wie es der Zufall will, kenne ich einen Sänger aus dem Nachbarort, der kürzlich erst von Berlin zurück nach Nordfriesland gezogen ist und nun auf der Suche nach Aufträgen ist."

Das war ja höchst interessant.

„Aber, dieser Sänger, ich meine … ist er denn auch gut?" Ein bisschen misstrauisch war ich schon.

„Marten ist gut. Sehr gut, sogar. Und vielleicht kennst du ihn. Er ist nicht ganz unbekannt."

„Marten?“, überlegte ich. „Ich glaube nicht, dass ich einen Sänger kenne, der Marten heißt. Jedenfalls fällt mir spontan niemand ein.“ Ich kramte in meiner Handtasche und fand schließlich eines meiner Kärtchen. „Hier. Vielleicht kannst du ihm meine Visitenkarte geben?“ Ich drückte Rebekka die gelbe Karte in die Hand.

„Werde ich machen. Er meldet sich bestimmt.“

„Prima! Da freue ich mich drauf. Mann, das würde mir echt helfen“, sagte ich und zwinkerte ihr zu.

Am folgenden Tag war ich morgens mit Gabi in einem Café in der Nähe der Promenade zum Frühstück verabredet. Normalerweise trafen wir uns regelmäßig einmal in der Woche. Entweder zum Frühstück oder zum Abendessen und sprachen über Geschäftliches und Privates. Durch die geplante Promi-Hochzeit hatte ich unser Treffen mehrmals verschieben müssen, weil Isabel mich anderweitig verplant hatte, und auch Gabi war wegen ihrer eigenen Hochzeitsplanung einmal spontan ein wichtiger Termin dazwischengekommen.

„Ich dachte schon, du sagst unser Frühstück wieder wegen Reich und Schön ab.“

„Und ich dachte, dir kommt was wegen deiner Hochzeit dazwischen." Ich nippte an einem Glas Sekt mit Orangensaft, das ich mir zur Feier des Tages gegönnt hatte. „Reich und Schön ist übrigens heute früh aus St. Peter-Ording abgereist, weil sie berufliche Termine jenseits der nordfriesischen Küste hat."

„Na, Gott sei Dank! Sie zieht also ihren Planungsmarathon nicht eisern bis zum Ja-Wort durch."

Mein Handy klingelte. „Eine Sekunde, ich muss da eben dran gehen. Vielleicht ist es Isabel." Doch die Rufnummer auf dem Display war mir unbekannt. „Hallo?"

„Ja, hallo? Mein Name ist Marten Smid. Ich habe gehört, dass Sie einen Musiker brauchen."

„Ach, hallo. Sie sind ja fix", sagte ich überrascht. „Wie gut, dass Sie anrufen."

„Ja … Rebekka sagte, es sei dringend."

„Ist es auch. Wann könnten wir uns denn zu einem persönlichen Kennenlernen treffen?"

„Von mir aus jetzt."

„Jetzt?", fragte ich verwundert.

„Ich stehe vor Ihrem Büro. Deswegen rufe ich auch an, weil nämlich niemand aufgemacht hat."

„Ach, Sie sind gerade bei meiner Agentur?“ Normalerweise kannte ich es so, dass man mit dem potenziellen Vorgesetzten wenigstens einen Termin für das erste Treffen ausmachte und nicht unangemeldet hereinschneite. Aber für Künstler galten vermutlich andere Regeln.

„Ja. Ich dachte mir, ich schaue einfach mal spontan vorbei“, erklärte er. „Doch mit meiner Spontanität scheine ich ja kein Glück zu haben.“

Ich schaute zuerst bedauernd auf das Frühstück und dann entschuldigend zu Gabi. „Nein, nein. Das passt schon. Gehen Sie nicht weg. Bleiben Sie, wo Sie sind. Ich bin spätestens in zehn Minuten da.“

Gabi war zwar nicht begeistert von meinem überstürzten Aufbruch, aber sie hatte auch Verständnis dafür, dass ich mir einen möglichen Ersatz für Martha nicht durch die Lappen gehen lassen konnte. „Aber das nächste Frühstück geht auf dich“, forderte sie zum Abschied als Entschädigung.

Vor meiner Agentur stand ein mittelgroßer, schlanker Mann, Typ Berufsjugendlicher. Sein braunes Haar war leicht zerzaust, er trug eine lässige Jeans und ein weites

Shirt, und sein Gesicht zierte ein Mehrtagebart. Mir fiel sofort auf, dass er unverschämt gut aussah. Damit hatte ich nicht gerechnet und fuhr mir intuitiv durchs Haar, bevor ich ihn ansprach.

„Moin, ich bin Jette", stellte ich mich gleich mit Vornamen vor, als ich bei ihm angekommen war, da mir durch seine Erscheinung sofort klar war, dass ich auf förmliche Umgangsformen wie Siezen verzichten konnte. „Wir haben gerade telefoniert."

Wir schüttelten einander die Hand zur Begrüßung.

„Moin, Jette. Ich bin Marten."

Ich bat ihn in mein Büro. Wir setzten uns an den runden Besprechungstisch, an dem ich alle beruflichen Gespräche führte.

„Darf ich dir einen Tee oder Kaffee anbieten?", fragte ich ihn.

„Ein Wasser wäre super", antwortete er. Ich stellte zwei Gläser, einen Teller mit Keksen und zwei Wasserflaschen auf den Tisch. „Und Sie … ich meine, du bist also Sänger?", begann ich das Kennenlerngespräch etwas ungelenk, was vermutlich damit zusammenhing, dass er mir außerordentlich gut gefiel.

„Eigentlich bin ich Musiker", korrigierte er mich.

„Aha." Sänger und Musiker war für mich das Gleiche.

„Musiker zu sein umfasst mehr als bloß den reinen Gesang", erklärte er mir.

„Magst du mir deinen Werdegang erzählen?", bat ich ihn. „Wie bist du zur Musik gekommen, und was waren deine letzten Stationen?"

Marten folgte meiner Aufforderung und erzählte mir einiges über sich. Er beendete seinen Vortrag mit: „Ich spiele fünf Instrumente und habe vor einigen Jahren mal an einer Casting-Show teilgenommen und am Ende gewonnen. Meine Erfahrungen sind also schon relativ umfassend."

„Ach, was! Sieger einer Casting-Show? Davon hat mir Rebekka gar nichts erzählt. Sie meinte bloß, dass du recht bekannt wärst."

Marten lächelte verschmitzt. „Na ja, vor ein paar Jahren haben mich einige Leute auf der Straße erkannt. Das stimmt wohl. Wobei du mich vermutlich nicht nach einem Autogramm gefragt hättest."

Ich schüttelte den Kopf. „Warum? Wie kommst du darauf?"

„Du scheinst keine Casting-Shows zu gucken. Sonst hättest du gewusst, wer ich bin. Zumal es damals die bekannteste Casting-Show im deutschen Fernsehen war", erklärte er grinsend.

Ich musste ebenfalls lächeln. Er sah nicht nur gut aus, ich mochte auch seine direkte Art. „Ertappt. Ehrlich gesagt hasse ich Casting-Shows. Ich bin eher der Quiz-Show-Fan", gab ich zu.

„Dachte ich mir."

„Was ich mich natürlich jetzt frage, warum möchtest du den Job? Ich meine, du hast eine Casting-Show gewonnen. Solltest du da nicht genügend Engagements haben? Das wundert mich ein bisschen."

Er kratzte sich etwas verlegen seitlich am Kopf. „Ganz so rosig sieht meine Auftragslage ehrlich gesagt nicht aus. Im Nachhinein betrachtet ist meine Karriere nach dem Sieg nicht so erfolgreich verlaufen, wie es anfangs geplant gewesen war. Ich meine, klar, den obligatorischen Nummer Eins Hit hatte ich schon, doch danach blieben weitere Erfolge leider aus, und mein Plattenvertrag wurde nicht verlängert. Seitdem habe ich von den Medien den Stempel des klassischen One-Hit-Wonders aufgedrückt bekommen."

Er tat mir leid. Von jetzt auf gleich den großen Erfolg zu haben und dann fallen gelassen zu werden wie eine heiße Kartoffel, das war bestimmt hart. Sicherlich war Marten ein hervorragender Musiker, der sein Handwerk von der Pike auf gelernt hatte und dann von den Medien in kurzer Zeit verheizt worden war. Solche Geschichten hörte man ja ständig.

„Das tut mir leid zu hören", sagte ich und schob ihm die Teller mit den Keksen rüber, nachdem ich mir selbst einen genommen hatte.

„Ach", winkte er ab. „Mitleid braucht kein Mensch. Davon lass ich mich doch nicht unterkriegen. Dann singe ich eben auf allen Veranstaltungen, zu denen ich eingeladen werde. Hauptsache, ich kann weiterhin von der Sache leben, die ich liebe: Musik."

Ich lächelte ihn an. Seine entwaffnende Art fand ich erfrischend. „Du hast den Job", rutschte es mir ohne groß nachzudenken raus.

„Echt?", fragte er. „Aber du hast mich doch noch gar nicht singen hören."

Guter Punkt. Egal. Ich hob bloß die Schultern. „Mach ich heute Abend."

Er hob die Augenbrauen. „Heute Abend?“

„Ja. Heute Abend. Im Internet. Da gibt es doch bestimmt einige Videos von dir anzusehen, oder?“, fragte ich.

„Damit könntest du recht haben“, bestätigte er mir.

„Dann ist ja fast alles klar.“

„Fast?“

Ich lehnte mich im Stuhl zurück und verschränkte die Arme. „Du hast mir noch nicht gesagt, ob du den Job haben willst.“

„Klar, will ich. Allerdings müsste ich die Termine recht früh wissen, damit ich planen kann“, warf er ein. „Ist das ein Problem?“

„Nö. Kein Problem. Das sollten wir hinkriegen.“

„Na, perfekt“, sagte er mit einem Lächeln im Gesicht und nahm sich einen Keks.

5. Kapitel

Ich hatte mir einen freien Tag verordnet. Der pure Luxus, wenn die Heiratswilligen Schlange standen. Ich musste mir eine kleine Auszeit gönnen, um mich etwas zu erholen und bis zum Ende der Saison nicht schlappzumachen. Durchhalten hieß die Devise. Es standen noch große Feiern an, und ich war froh, Marten so problemlos gefunden zu haben.

Das Auto hatte ich in der Garage stehen und das Handy zu Hause gelassen. Am Morgen war ich zu Fuß zu Bookbantje Truels im Ortsteil Bad gegangen und hatte auf einem Buchtisch die aktuellen Bestseller gesichtet. Ich wurde schließlich fündig und kaufte mir einen Krimi, der in London spielte. Vom Buchladen aus ging es weiter über den Deich in südlicher Richtung, bis ich mein Ziel für den Tag erreicht hatte: den Böhler Leuchtturm. An dem alten Backstein-Leuchtturm stand eine Bank, auf der ich es mir gemütlich machte und in die Welt eines Londoner Inspektors abtauchte, der grausame Morde aufklären musste. Das komplette Kontrastprogramm zu dem idyllischen St. Peter-Ording, wo sich für gewöhnlich die beiden Dorfpolizisten ihre Schicht damit vertrieben, Radfahrer, die auf Gehwegen fuhren, dingfest zu machen.

Bald hatte ich vergessen, wo ich mich befand, und die traumhafte Nordsee-Kulisse um mich herum komplett ausgeblendet. Umso mehr erschrak ich, als sich jemand neben mich auf die Bank setzte.

„Das scheint ja ein spannendes Buch zu sein“, hörte ich eine mir bekannte Stimme sagen.

Ich ließ das Buch sinken und schaute in ein vertrautes Augenpaar. „Klaas!“

Er nickte. „So heiße ich.“

„Ich ... ich habe gar nicht mitbekommen, dass du ...“, sagte ich verwirrt und klappte das Buch zu, hielt es aber fest in meinen Händen. Ich war froh, dass ich etwas hatte, an dem ich mich festhalten konnte. Klaas saß keine 20 Zentimeter von mir entfernt, was dazu führte, dass sich mein Herzschlag beschleunigte.

„Seit wann liest du Krimis?“

„Seit einer Weile“, antwortete ich ausweichend.

„Hast du heute frei?“, fragte er mich.

„Ja. Mal etwas abschalten. Ist manchmal nötig.“

Er schaute auf seine Hände, und dann blickte er wieder zu mir auf. „Da ich dich jetzt hier schon unverhofft getroffen habe, wollte ich dich fragen, ob wir uns nicht mal in Ruhe unterhalten können. Vielleicht heute Abend bei einem gemütlichen Essen?“

Ich schnappte nach Luft. Da war sie, die Frage. Die Frage nach dem Date, die ich auf jeden Fall verneinen würde.

„Komm. Sag Ja“, bat er und sah mich dabei durchdringend an.

„Ich weiß nicht, ob das so eine gute Idee ist“, antwortete ich meiner Gefühlslage entsprechend.

„Ach komm schon. Gib dir einen Ruck.“

Warum sollte ich eigentlich jetzt Ja sagen? Vor über zwei Jahren hätte ich Ja zu ihm gesagt. Und zwar sofort, ohne darüber nachzudenken. Aber das war damals. Heute überlegte ich mir das mit dem Ja-Sagen genauer.

„Ich weiß doch, dass ich damals großen Mist gebaut habe … größeren Mist kann man wahrscheinlich gar nicht bauen, als zur eigenen Hochzeit nicht zu erscheinen."

Ich nickte zustimmend. „Allerdings."

„Aber gib mir doch wenigstens die Chance, mich bei dir zu entschuldigen", bat er. „Ich habe aus meinem Fehler in der Vergangenheit gelernt. Wirklich! Bitte nimm meine Einladung an. Ja?"

„Ich weiß nicht, Klaas ..."

Klaas ließ nicht locker. „Lass uns den Reset-Knopf drücken."

Ich lachte. „Den Reset-Knopf? Im Ernst?"

Er lächelte mich an. „Pass auf. Ich bin heute Abend um acht Uhr in der Muschelkiste und warte auf dich. Überlege es dir. Ich werde da sein." Damit stand er von der Bank auf und lief den Deich Richtung Norden entlang.

Ich schaute ihm nach. Nach einigen Metern drehte er sich zu mir um und winkte. Ohne nachzudenken winkte ich zurück und ärgerte mich im gleichen Moment. Das war ja schon fast eine Zusage meinerseits. Ich schlug meinen Krimi auf und versuchte, wieder in die Geschichte einzutauchen. Aber es funktionierte nicht. Ich ertappte mich dabei, wie ich aus den Augenwinkeln schaute, ob ich ihn noch sehen konnte. Doch Klaas war verschwunden.

„Was hat er? Dich zum Abendessen eingeladen? Ich glaube, ich habe mich verhört!“ Ich hörte Britta durchs Telefon abfällig schnauben. „Der spinnt doch komplett.“

„Hm“, machte ich geistesabwesend und schaute die T-Shirts in meinem Kleiderschrank durch.

Aus dem gemütlichen Schmökern war nach Klaas’ Abgang nichts mehr geworden, denn meine Gedanken kreisten nur noch um das mögliche Abendessen.

„Du hast doch wohl nicht zugesagt?“, hörte ich Brittas Stimme an meinem Ohr.

„Nein. Ich habe nicht zugesagt.“ Ich nahm ein schwarzes T-Shirt aus dem Schrank und begutachtete es eingehend, bevor ich es wieder zurücklegte.

„Gut“, stellte sie in einem befriedigten Tonfall fest. „Das wäre ja auch noch schöner gewesen. Erst dich vor dem Altar sitzen lassen und dann zum Abendessen einladen wollen … der ist doch nicht mehr ganz richtig in der Birne!“

„Ich habe aber auch nicht abgesagt. Er möchte sich mit dem Abendessen bei mir entschuldigen, weil er eingesehen hat, dass es ein großer Fehler war, was er damals gemacht hat", wiederholte ich Klaas' Worte und hielt mir ein weiteres Oberteil vor den Körper und schaute dabei in den Spiegel von meinem Kleiderschrank.

„Ja, ja, bla bla bla und in Garding feiern die Krabben Karneval. Der kann ja viel erzählen, wenn der Tag lang ist. Das meint der doch nicht ernst."

Ich ließ das Oberteil sinken. Ich war hin- und hergerissen. Vielleicht wollte er sich einfach nur entschuldigen, und ich tat ihm unrecht, wenn ich die beleidigte Leberwurst spielte und seine Einladung nicht annahm. Ich würde nie herausfinden, ob er seine Entscheidung von damals bereute, wenn ich nicht zum Abendessen ging.

„Hallo?", fragte Britta.

„Ja, ich bin noch da", antwortete ich und setzte mich auf mein Bett.

„Jette! Jetzt sag nicht, dass du ernsthaft darüber nachdenkst zu dem Abendessen zu gehen."

„Ich weiß nicht …"

„Das darf doch nicht wahr sein! Erst stürzt er dich ins Unglück, dann taucht er einfach wieder auf und lädt dich zum Essen ein, und plötzlich soll Friede, Freude, Eierkuchen herrschen?“, fragte Britta verständnislos.

Ich strich gedankenverloren über den weichen Stoff des Shirts. „Ich glaube, ich muss da hingehen, Britta. Egal, was gewesen ist. Sonst würde ich mich später fragen, wie mein Leben verlaufen wäre, wenn ich mit ihm gesprochen hätte. Kannst du das verstehen?“

„Hm“, brummte Britta. „Ich habe ein ziemlich schlechtes Gefühl im Bauch.“

„Vielleicht täuscht dich ja dein Bauchgefühl?“

„Das hat immer recht.“

„Ja, ja, du Orakel“, foppte ich sie.

„Auf meinen Bauch ist stets Verlass, der ist schlauer als mein Kopf“, merkte sie an.

„Du kannst hinterher immer noch sagen, dass du es von Anfang an gewusst hast, und ich verspreche dir, ich werde mir deine Standpauke ohne Murren anhören.“

„Du willst also wirklich hingehen?“

„Ja. Ich muss einfach wissen, was er von mir will.“

Um Viertel vor acht machte ich mich auf den Weg zur Muschelkiste. Ich war extra knapper als sonst losgefahren, um mich zu verspäten und damit Klaas zu verunsichern. Normalerweise war ich pünktlich wie die Maurer. Das wusste er auch. Aber ich fand, dass er es verdient hatte, wenigstens einige Minuten im Unklaren darüber zu sein, ob ich kam. Ich hatte Rebekka, die Köchin, vorgewarnt, damit sie nicht aus den Klotschen kippte, wenn sie sah, mit wem ich zum Abendessen verabredet war. Sie kannte die Geschichte mit der geplatzten Hochzeit und hätte wahrscheinlich an eine Fata Morgana am Böhler Strand geglaubt, wenn ich so mir nichts dir nichts mit Klaas in der Muschelkiste aufgetaucht wäre, ohne sie auf unseren Besuch vorzubereiten. Ich war so aufgeregt wie beim ersten Date und hatte mich bewusst unauffällig hübsch gemacht. Zu Hause hatte ich bestimmt fünfmal mein Outfit gewechselt, bis ich mit meinem Aussehen zufrieden war. Ich wollte trotzdem vermeiden, dass Klaas dachte, ich hätte mich wegen ihm mehr als sonst gestylt. Doch gleichzeitig wollte ich ihm auch unterschwellig zeigen, was ihm entgangen war.

Meine Nervosität nahm stetig zu, je näher ich der Muschelkiste kam. Es war ein lauer Sommerabend, und von Weitem konnte ich erkennen, dass die Außenterrasse des Pfahlbaus gut besucht war. Um fünf Minuten nach acht Uhr betrat ich schließlich das Lokal. Mein Herz klopfte mit der Wucht eines Vorschlaghammers, als ich im Restaurant Ausschau nach Klaas hielt – ihn aber nicht finden konnte. Dafür entdeckte ich Rebekka hinter dem Tresen.

„Moin, Rebekka", sprach ich sie an.

„Moin, Jette." Sie putzte sich ihre Hände an einem Tuch ab und drückte mich kurz. „Ich kann Klaas gar nicht entdecken", raunte ich ihr zu und sah mich weiter suchend im Restaurant um.

„Moment." Rebekka schlug das Buch mit den Reservierungen auf. „Also, reserviert hat er für zwei Personen. Allerdings ist er noch nicht da."

„Mist!", entfuhr es mir. Mein schöner Plan, ihn wenigstens ein paar Minuten zappeln zu lassen, war nicht aufgegangen.

„Der verspätet sich bestimmt bloß ein paar Minuten und kommt gleich", meinte Rebekka und schaute zur

Eingangstür. „Was habe ich gesagt? Da kommt er schon."

„Das wird auch Zeit", sagte ich und bemühte mich um einen möglichst lässigen Gesichtsausdruck, der nichts von meiner inneren Anspannung verriet. Wie hatte ich auch vergessen können, dass er sich immer verspätete?

„Sorry. Aber du kennst mich ja", begrüßte er mich gut gelaunt. „Schön, dass du gekommen bist."

„Hallo, wie gut, dass du da bist. Ich habe schon richtig Hunger", entgegnete ich betont locker, als wäre unser Date nichts Besonderes. Ich freute mich auf die gehobene Küche der Muschelkiste, die ich mir nicht allzu oft gönnte, fragte mich aber auch, ob ich überhaupt einen Bissen herunterbekommen würde.

Eine Bedienung führte uns zu einem Fensterplatz und nahm die Bestellung der Getränke auf. Ich orderte einen Weißwein, Klaas ein kühles Blondes.

„Gut siehst du aus", wiederholte er seinen Spruch, als uns die Getränke gebracht wurden.

Ich führte das Weinglas an meine Lippen und konnte so eine Wiederholung von ‚du auch' vermeiden. Ich lächelte bloß, was als Antwort erst einmal genügen musste. Klaas machte es mir nicht leicht, den Schein der coolen Ex zu wahren.

„Hier mit dir zu sitzen ist so wie früher, finde ich", stellte er fest und strahlte mich an. „Und wenn ich dich so betrachte, könnte man fast denken, die Zeit wäre stehen geblieben", schmeichelte er mir.

„Das liegt vielleicht daran, dass du langsam eine Brille brauchst", antwortete ich ausweichend.

„Nein, nein. Meine Sehkraft ist nach wie vor top." Er sah mir direkt ins Gesicht. „Sonst könnte ich wohl kaum das Strahlen deiner Augen erkennen. Das hat sich nämlich auch nicht verändert.

„Ach, Klaas …", sagte ich und musste lachen. Er war so charmant und bedachte mich während des Essens immer wieder mit derartigen Komplimenten, dass ich merkte, wie meine innere Abwehr mehr und mehr bröckelte. Er verhielt sich wie ein Gentleman der alten Schule und machte es mir schwer, mich gefühlsmäßig auf Distanz zu halten. Er erzählte Geschichten von früher, erinnerte mich an gemeinsame Erlebnisse aus unserer Jugend, unseren Urlaub in Cornwall, den ich nach wie vor als schönsten Urlaub meines Lebens in Erinnerung behalten hatte. Mir wurde klar, dass ich mich nach wie vor mit ihm verbunden fühlte durch unsere gemeinsame Vergangenheit, die ich trotz des argen Vertrauensbruchs nicht einfach abhaken konnte. Eigentlich war alles gut zwischen uns gewesen, bis es zur Katastrophe gekommen war.

Nach dem dritten Glas Wein bei romantischem Kerzenschein fühlte ich mich einfach nur leicht und entspannt. Wer hätte gedacht, dass ich das in Klaas' Gegenwart noch mal erleben würde?

Nach dem Essen fuhr mich Klaas nach Hause, denn nach drei Gläsern ließ ich das Auto lieber stehen. Als wir bei mir ankamen, öffnete er ganz gentlemanlike die Beifahrertür und umarmte mich zum Abschied.

„Das war ein wundervoller Abend, Jette. Ich bin froh, dass du meine Einladung angenommen hast. Ich rufe dich an, ja? Gute Nacht."

„Gute Nacht." Ich blieb noch im Hauseingang stehen, bis er mit seinem Wagen davongebraust war.

In einer alkoholbedingten großmütigen Verfassung ertappte ich mich dabei, wie ich ihm schon alles verzeihen wollte. Doch ich mahnte mich, auf dem Teppich zu bleiben. Wer wollte denn gleich übermütig werden?

Zwei Tage nach unserem gemeinsamen Abendessen in der Muschelkiste hatte ich immer noch nichts von ihm gehört. Kein Anruf, keine SMS. Nichts. Ich saß im Büro und arbeitete an der Kostenkalkulation einer anstehenden Hochzeit. Dabei grübelte ich darüber, warum Klaas keinen Laut von sich gab. Männer soll mal einer verstehen. Ich konnte mir sein Verhalten nicht erklären, denn unsere Verabredung war in meinen Augen nahezu perfekt verlaufen. Mein Gefühlszustand schwankte zwischen wütend und enttäuscht und voller Hoffnung, dass er sich doch noch bei mir melden würde. Am besten gleich mit einer plausiblen Erklärung, warum er sich nicht eher gerührt hatte. Vielleicht hatte er ja einen Unfall gehabt und lag im Krankenhaus? Oder sein Handy war kaputt gegangen, und nun hatte er keine Möglichkeit mich anzurufen? Aber das war unlogisch, denn dann hätte er entweder in der Agentur vorbeikommen oder mich ganz altmodisch über das Festnetz anrufen können. Ich zermarterte mir meinen Kopf über mögliche Beweggründe, doch das brachte mich nicht weiter. Froh war ich allerdings darüber, dass ich keine Telefonnummer von ihm hatte und ihn deswegen nicht kontaktieren konnte. Das hätte ich nämlich längst getan und mich später darüber geärgert.

Um die Mittagszeit öffnete sich die Tür, und eine junge Frau betrat meine Agentur. „Guten Tag", grüßte sie, was sie sogleich als Nicht-Einheimische verriet. Jeder Nordfriese hätte es bei einem schlichten Moin! belassen.

Ich schätzte die Frau auf zirka 30 Jahre. Sie hatte mittellanges brünettes Haar und trug ein leichtes Leinenkleid. In ihrer Hand hielt sie einen Autoschlüssel, und von ihrer Schulter baumelte eine Handtasche aus glänzendem Nylon.

„Moin!", begrüßte ich sie. Ich legte meine Unterlagen beiseite. „Was kann ich für Sie tun?"

„Ich plane zu heiraten und wollte mich mal beraten lassen."

„Dann nehmen Sie gerne Platz. Kann ich Ihnen etwas zu trinken anbieten?" Ich deutete auf meinen runden Besprechungstisch und bewirtete die Interessentin mit

Wasser und Tee. „An was für eine Hochzeit haben Sie denn gedacht? Und vor allem: Wann soll geheiratet werden?“

„Gerne noch diesen Sommer. Aber nur kirchlich. Nicht standesamtlich. Eigentlich habe ich etwas ganz Klassisches im Sinn. Keine Strandhochzeit oder etwas anderes Ausgefallenes.“

Das wunderte mich ein wenig. Die meisten Heiratswilligen wollten gerade einen originellen Trauungsort, weil sie glaubten, dass dadurch ihre Eheschließung noch an Bedeutung gewinnt.

„In diesem Sommer noch? Das ist etwas kurzfristig und könnte knapp werden. Aber wir gucken mal, was sich machen lässt. Ich gehe davon aus, dass es eine katholische Trauung sein soll?“, erkundigte ich mich.

„Ja, katholisch.“

„Also, in der St. Ulrich Kirche im Dorf?“, schlussfolgerte ich und machte mir auf einem Blatt Papier Notizen.

„Ja. Das ist die Kirche, in der mein Verlobter getauft wurde. Eine kirchliche Hochzeit, ohne die vorherige Eheschließung beim Standesamt, ist ja Gott sei Dank bei uns Katholiken möglich.“

Ich legte den Stift neben das Blatt Papier. „Ach, Ihr zukünftiger Mann ist aus St. Peter?“, fragte ich.

„Ja, er ist hier aufgewachsen und hat auch kurz bevor wir uns kennengelernt haben noch hier gelebt. Wir kennen uns eigentlich noch gar nicht so lange, wissen Sie.“ Die Frau hielt kurz inne. „Wir sind uns erst vor ca. zwei Jahren das erste Mal begegnet, weil mein Vater ihn angestellt hat und ich auch in dem Unternehmen arbeite. Aber es war Liebe auf den ersten Blick. Ich wusste sofort, dass er der Mann meines Lebens ist. Der Mann, den ich heiraten und mit dem ich alt werden will“, schwärmte sie und lächelte dabei selig, so wie es nur bis über beide Ohren verliebte Menschen taten.

„Das klingt wirklich romantisch.“

„Ja, ich bin so glücklich. Und ich möchte ihn gern überraschen. Mein Verlobter weiß nämlich gar nichts davon, dass ich eine Hochzeitsplanerin beauftragen möchte. Aber ich bin lieber auf der sicheren Seite und überlasse die Organisation einem Profi.“

„Das verstehe ich gut. Man möchte seine Hochzeit ja auch genießen und sich nicht um alles kümmern müssen. Lassen Sie uns kurz die groben Eckdaten besprechen, und dann mache ich Ihnen einen Kostenvoranschlag, in dem nur die Basics aufgeführt sind, und füge Ihnen noch eine Liste mit möglichen Extras bei. Und um einen Termin müssen wir uns natürlich auch noch kümmern. Wollen wir es so machen?"

„Ja, wunderbar, das klingt gut."

Die zukünftige Braut lächelte mich an. Ich konnte ihr ansehen, wie sehr sie dem Tag der Hochzeit entgegenfieberte. Wir besprachen, wie die Hochzeit ablaufen sollte, und verabredeten uns für den nächsten Tag, an dem ich ihr meinen Kostenvoranschlag präsentieren wollte.

„Dann sehen wir uns morgen. Ich freue mich. Brauchen Sie sonst noch etwas von mir?", fragte sie mich.

„Ihren Namen und eine Telefonnummer, unter der ich Sie erreichen kann." Ich reichte ihr einen Zettel und einen Kugelschreiber. „Ach ja, und vielleicht schreiben Sie noch den Namen Ihres zukünftigen Mannes dazu. Das wäre super."

Die Kundin schrieb die gewünschten Angaben auf und schob mir das Blatt Papier zu. Wir erhoben uns von den Stühlen.

„Vielen Dank, Frau …“ Ich las ihren Namen. „Frau Kaiser.“ Dann glitt mein Blick zu der Stelle, wo sie den Namen ihres Bräutigams notiert hatte. Mir stockte der Atem. Ich hörte nicht, was Frau Kaiser zu mir sagte. Ich las den Namen ein zweites Mal und fühlte mich, als wäre ich gegen einen Laternenmast gelaufen. Unter dem Namen meiner neuen Klientin stand in gut lesbaren Buchstaben der Name Klaas Dierksen. Frau Kaiser stand vor mir, ihre Lippen bewegten sich, und sie hielt mir zum Abschied die Hand entgegen, die ich mechanisch ergriff.

„Tschüs, bis morgen“, verabschiedete sie sich.

„Tschüs“, erwiderte ich matt und musste mich zwingen, mir nichts anmerken zu lassen. Das gab es doch alles nicht! Himmel, in was für eine Situation war ich da geraten? Da wollte es die Ironie des Schicksals, dass ich nun die Hochzeit für den Mann plante, der mich damals sitzen gelassen hatte. Ich war mir sicher, dass Frau Kaiser keinen blassen Schimmer hatte, wer ich war und was zwischen mir und ihrem Verlobten vorgefallen war. Ich musste unbedingt mit jemanden reden. Und zwar auf der Stelle. Ich griff nach meinem Handy.

„Was habe ich dir gesagt?“ Meine Freundin verschloss die Eingangstür vom Backhuus und drehte das dort angebrachte Schild um, auf dem von außen nun *Geschlossen* zu lesen war. „Und du wolltest mal wieder nicht hören! Und jetzt sollst du seine Trauung mit einer anderen organisieren? Ich glaub es nicht!“ Britta schüttelte entgeistert den Kopf.

„Ja, ich weiß. Aber wer hätte denn mit so was rechnen können?“, jammerte ich.

„Setz dich erst mal. Ein Glück, dass jetzt Mittagspause ist, sonst hätten wir erst heute Abend reden können.“

Ich setzte mich an einen Bistrotisch und Britta brühte frischen Kaffee auf. „Auf den Schock trinkst du erst mal einen.“

Ein paar Minuten später stellte mir meine Freundin das Heißgetränk vor die Nase. „Bitte sehr. Ein Pharisäer mit extra viel Schlagsahne und zwei Schuss kräftigem Rum.“

„Danke“, sagte ich immer noch geknickt.

Sie setzte sich mir gegenüber und seufzte dann. „Ich wusste es. Dieser Kerl macht nur Ärger.“

„Ja. Nächstes Mal höre ich auf dich“, sagte ich kleinlaut.

Britta sah mich an und legte ihre Hand auf meine. „Kopf hoch, Jette! Von so einem lässt du dich ja wohl nicht ein zweites Mal ins Bockshorn jagen. Oder?“

„Natürlich nicht!“ Ich bemühte mich, sie tapfer anzulächeln, und trank vorsichtig einen Schluck von dem Getränk, das meine Lebensgeister wieder wecken sollte.

„Du könntest allerdings auch Gabi den Auftrag übergeben“, schlug Britta vor. „Dann hast du mit der ganzen Sache nichts weiter am Hut.“

„Auf gar keinen Fall!“ Ich stellte die Tasse ein wenig zu energisch ab, sodass ein Teil des Kaffees über den Rand schwappte. „Weißt du, was das bedeuten würde?“

„Dass du dich nicht mehr mit Klaas rumschlagen müsstest?“

„Nein. Das würde zum einen bedeuten, dass ich hochgradig unprofessionell bin, und zum anderen würde ich eingestehen, dass ich ihm immer noch hinterhertrauere. Aber den Gefallen tu ich ihm nicht“, sagte ich entschlossen. „Ich werde den Auftrag übernehmen und die perfekteste Hochzeit organisieren, die St. Peter-Ording je gesehen hat. Schon allein, um ihm zu zeigen, was in mir steckt."

„Das klingt nach einem Plan. Du bist super!", Britta gab mir high five. „Darauf sollten wir einen trinken. Ich habe hinten noch eine Flasche Sekt. Komm, wir gönnen uns noch ein Gläschen, bevor das Zeug schlecht wird."

Abends saß ich zu Hause am Schreibtisch und kalkulierte die Hochzeit für Klaas und seine Verlobte. Ich hatte den Schock einigermaßen verdaut, nachdem ich mit Gabi ein ausführliches Telefonat geführt hatte und sie mich darin bekräftigt hatte, den Auftrag anzunehmen. Ich lehnte mich im Stuhl zurück und blickte auf die Kalkulation auf meinem Computerbildschirm. Eigentlich hatte ich Anna-Lena Kaiser ganz sympathisch gefunden. Ob Klaas ihr überhaupt etwas davon erzählt hatte, bereits eine Braut vor dem Altar stehen gelassen zu haben? Wohl eher nicht. So unbedarft, wie seine Verlobte auf mich gewirkt hatte, war sie völlig ahnungslos. Die Arme! Es passte zu Klaas, ihr seine Vergangenheit zu verschweigen oder eben nur die rühmlichen Episoden daraus zu erzählen.

Mein Handy klingelte. Ich lief von meinem Arbeitszimmer in die Küche, wo mein Handy an ein Ladekabel angeschlossen war.

„Ja?"

„Jette? Britta hier."

„Moin, Britta."

„Hast du gerade Zeit, oder bist du unterwegs?"

„Ich bin zu Hause. Was gibt es denn?"

„Ich muss was Wichtiges mit dir bereden."

„Aha?" Ich war gespannt, was das sein konnte. Anrufe von Britta nach acht waren eher selten, da sie wegen ihres Bäckerladens meistens sehr früh zu Bett ging.

„Hör zu, ich habe heute kurz vor Feierabend einen großen Auftrag für einen Kindergeburtstag reinbekommen. Die Großeltern von einem Urlaubskind haben diverse Torten und Hefeteilchen bei mir bestellt", berichtete Britta.

„Das ist doch toll. Freut mich für dich."

„Ja, aber für dich ist das auch toll, denn du bist mit dabei. Jedenfalls hoffe ich das."

„Du sprichst in Rätseln, Britta." Ich fragte mich, was ich damit zu tun hatte. „Wieso bin ich mit dabei? Hat mich das Geburtstagskind etwa zu seinem Kindergeburtstag eingeladen?", scherzte ich.

„Könnte man so sagen, ja. Um genau zu sein, dich und Marten."

„Mich und Marten?", fragte ich ungläubig. „Sag mal, Britta, kann es sein, dass du gerade den Rest der Sektflasche geleert hast?"

Britta lachte. „Ach was. Die Großeltern von Ole-Pascal, so heißt der Junge, machen mit ihrem Enkel Ferien in St. Peter und wollen für den Jungen eine tolle Geburtstagsparty schmeißen. Deswegen haben sie mich gefragt, ob ich nicht jemanden kennen würde, der Feste organisiert. Und da habe ich natürlich sofort an dich gedacht", verkündete sie gut gelaunt.

„Aber ich organisiere doch keine Kindergeburtstage. Und Marten auch nicht", warf ich ein.

„Kindergeburtstag oder Hochzeit, das ist doch fast das Gleiche. Und Marten soll auf Ole-Pascals Geburtstag singen. Der Kleine hat sich einen echten Musiker gewünscht."

„Ach, Britta, ich habe doch schon so viel mit meinen Hochzeiten …"

„Bitte, bitte, sag nicht nein. Die älteren Herrschaften sind übrigens extrem betucht und würden sich die Geburtstagsfeier einiges kosten lassen, zumal es Ole-Pascals zehnter Geburtstag und damit etwas Besonderes ist … außerdem kann Marten jeden Auftrag gut gebrauchen, und ich habe auch schon in eurem Namen zugesagt."

„Wie bitte?" Das war wieder typisch Britta.

„Lass mich jetzt bitte nicht hängen. Der Geburtstag ist doch für mich mit einem großen Auftrag verbunden."

Ich schloss die Augen und rieb mir mit einer Hand über die Schläfe. „Na, gut. Dir zuliebe mache ich das, und ich spreche auch mit Marten. Aber ich hoffe, du weißt, dass das Organisieren von Kindergeburtstagen keineswegs zu meiner Spezialität gehört und ich auch nicht vorhabe, sie in meinen Leistungskatalog aufzunehmen."

Nachdem sich Britta unzählige Male bei mir bedankt hatte, legten wir auf, und ich fragte mich, was wohl als Nächstes kam.

6. Kapitel

Letztlich war ich sogar froh darüber, meine Zusage für die Planung des Kindergeburtstags gegeben zu haben, denn das hatte den netten Nebeneffekt, dass ich überhaupt keine Zeit hatte, mir irgendwelche Gedanken über mein Privatleben und damit auch um die neuerliche Enttäuschung über Klaas zu machen. Ich schaffte es sogar, Frau Kaiser die Kalkulation für ihre Hochzeit mit meinem Exverlobten freundlich professionell zu übergeben, ohne mir etwas anmerken zu lassen. Vermutlich hatte es auch damit zu tun, dass ich gedanklich bereits bei meinem nächsten Termin mit Ole-Pascals Großeltern war, mit denen Britta, Marten und ich im Backhuus zu einer Besprechung verabredet waren. Beim Abschied hatte Frau Kaiser angekündigt, ihrem zukünftigen Mann den Kostenvoranschlag am gleichen Nachmittag noch zeigen zu wollen und sich dann so bald wie möglich bei mir zu melden. Ich musste mir ein Grinsen verkneifen, denn ich konnte mir ungefähr vorstellen, wie dumm Klaas aus der Wäsche gucken würde, wenn er meinen Namen auf dem Briefkopf des Angebots las.

Britta hatte einen Tisch auf der Terrasse des Backhuus eingedeckt, über die sich schützend eine rot-weiße Markise spannte, um die Gäste und das Ladenlokal vor der heißen Mittagssonne zu schützen. Die Besprechung für den Kindergeburtstag fand in der Mittagspause der Bäckerei statt. Britta, Ocke, Marten und ich hatten uns eine halbe Stunde eher getroffen, bevor Herr und Frau Schnittke, Ole-Pascals Großeltern, eintrafen, um vorab durchzusprechen, was bisher für die Feier festgelegt worden war.

Marten hatte seinen Gitarrenkoffer gegen die Hauswand gelehnt und schaufelte Zucker in seinen Tee. Er saß direkt neben mir, und mir fiel auf, wie wohl ich mich in seiner Gegenwart fühlte.

„Auch Zucker?“, fragte er mich und hielt mir die Porzellandose entgegen.

Ich lächelte ihn an. „Sehr gerne“, sagte ich, obwohl ich meinen Tee normalerweise ungesüßt trank.

„Spielst du uns nachher noch etwas vor?“, fragte Britta Marten und lenkte so die Aufmerksamkeit von mir ab.

„Kann ich gerne machen. Wie viele Leute kommen eigentlich zu dem Geburtstag?“, wollte Marten von Britta wissen.

„Moment, ich schaue nach.“ Britta blätterte in ihrem Auftragsbuch, bis sie die richtige Seite gefunden hatte. „Ungefähr 20“, sagte sie und schaute von ihren Unterlagen auf.

„20 Leute? So viele?“, fragte Ocke erstaunt.

Marten rührte mit dem Löffel in seiner Teetasse. „Lassen die Schnittkes etwa ihre gesamte Familie einfliegen?“, überlegte er laut.

„Die sind doch hier im Urlaub, dachte ich. Oder kommen sie etwa aus der Nähe?“, wunderte ich mich ebenfalls.

„Nein, nein. Sie kommen nicht aus der Nähe. Frau Schnittke meinte, dass sie aus der Gegend um Hannover kämen. Sie machen einen dreiwöchigen Urlaub mit ihrem Enkel in St. Peter.“

„Und dann 20 Leute?“, fragte ich nochmals nach.

„Keine Ahnung, warum sie so viel bestellt haben", sagte Britta und schaute dabei an mir vorbei. „Ach, da vorne kommen die Schnittkes schon."

Ich folgte ihrem Blick und entdeckte einen Mann und eine Frau auf dem Gehweg, die geradewegs auf das Backhuus zusteuerten. Das Ehepaar schätzte ich auf ungefähr Ende 50, höchstens Anfang 60. Herr Schnittke war ein großer, hagerer Typ mit schütterem grauem Haar, blassem Teint und eingefallenen Wangen. Er trug kurze beige Hosen und dazu ein blaues Polo-Shirt. Frau Schnittke hingegen war das genaue Gegenteil ihres Mannes. Sie war klein, hatte eine rundliche Figur, war braungebrannt und hatte schulterlanges, hellblondes Haar, für das ohne jeden Zweifel ihr Friseur verantwortlich war. Frau Schnittke trug ein lavendelfarbenes Sommerkleid und dazu eine passende Handtasche. Britta erhob sich vom Stuhl und ging dem Ehepaar entgegen.

„Sind Sie der Musiker?", fragte Frau Schnittke Marten, nachdem wir uns begrüßt und einander vorgestellt hatten.

„Ja, genau der bin ich", bestätigte er.

„Es ist wirklich schön, dass Sie für unseren Enkel

spielen. Das war nämlich sein größter Wunsch, dass ein richtiger Musiker singt und spielt und nicht nur der CD-Player läuft. Ole-Pascal ist ganz vernarrt in Musik und will unbedingt selbst ein Instrument lernen. Er wird Sie bestimmt Löcher in den Bauch fragen", sagte Frau Schnittke und lachte.

Marten lachte ebenfalls und breitete die Arme in einer ergebenen Geste aus.

Wir setzten uns und wandten uns der Planung zu. „Wie haben Sie sich den Geburtstag Ihres Enkels denn genau vorgestellt? Gibt es schon eine konkrete Anzahl an Personen?", fragte ich die Schnittkes.

„Die genaue Zahl der Gäste kann ich noch nicht sagen. Ole-Pascal hat viele Kinder in unserem Hotel und am Strand kennengelernt, die er alle einladen will", erzählte seine Oma.

„Insgesamt sind wir bestimmt über 20", schätzte ihr Mann.

„Okay." Ich machte mir Notizen auf einem Block, auf dem ich vorab einige Ideen für das Geburtstagskonzept gesammelt hatte. „Soll es eine reine Feier mit Essen, Trinken, Musik und Spielen sein? Oder würde Ole-Pascal vielleicht ein kleiner Ausflug mit seinen Gästen gefallen?“

Frau Schnittke zuckte die Achseln. „Kommt drauf an. Was wäre das denn für ein Ausflug?“

Ich schlug den Schnittkes einen Ausflug zum Robbarium im Westküstenpark vor, mit anschließender Party im Erlebnis-Bad der Dünen-Therme.

„Das ist ja fantastisch! Ole-Pascal wird es lieben und die anderen Kinder bestimmt auch. Was meinst du, Werner, das ist doch genau das Richtige für den Jungen, oder?“

„Unbedingt. Das machen wir“, stimmte Herr Schnittke seiner Frau begeistert zu.

„Wunderbar, dann kümmere ich mich darum“, versprach ich dem Ehepaar. Im Vorfeld hatte ich es mir schwieriger vorgestellt, den Erwartungen der Schnittkes gerecht zu werden. Vielleicht sollte ich doch darüber nachdenken, Kindergeburtstage in mein Agenturprogramm aufzunehmen. Im Gegensatz zu mir hatten es Britta und Ocke nicht so leicht. Wie sich herausstellte, hatte Ole-Pascal diverse Lebensmittelunverträglichkeiten wie zum Beispiel eine ausgewachsene Haselnussallergie, die eine besondere Rezeptur der Torten und süßen Teilchen verlangte.

„Wir beliefern auch das Nordseeinternat, an dem ebenfalls Allergiker unterrichtet werden. Deswegen sind wir darauf eingestellt und können für Ole-Pascals Feier natürlich Kuchen und süße Teilchen backen, die er verträgt", sicherte Britta den Schnittkes zu.

„Sehr schön. Ich bin erleichtert, dass das alles machbar ist. Das ist ja manchmal nicht so einfach", sagte Frau Schnittke und drehte sich dann zu Marten. „Wären nur noch Fragen zur Musik offen. Was spielen Sie denn so, junger Mann?"

„Och, eigentlich alles", antwortete Marten. „Was hört Ole-Pascal denn gerne?"

„Immer das Neuste. Wie alle Jungs in dem Alter. Und auch gerne deutsche Lieder", erzählte Frau Schnittke. „Mir fällt aber gerade kein bestimmter Interpret ein. Ich müsste Ole-Pascal noch mal fragen und Ihnen dann später Bescheid geben, wenn das geht?"

„Das ist gar kein Problem. Die aktuellen Charts habe ich eh drauf. Aber sagen Sie vielleicht einfach noch mal Bescheid, was Ihr Enkel gerne hört? Ich werde dann eine Songauswahl für seinen Geburtstag zusammenstellen", versprach Marten den Schnittkes.

„Dann hätten wir ja so weit alles geklärt", meinte Herr Schnittke und wollte aufstehen.

„Moment noch", sagte seine Frau und legte ihre Hand auf seinen Arm. Sie drehte sich zu Marten. „Ich meine, jetzt wo die Details besprochen sind … würden Sie uns vielleicht eine Kostprobe Ihres Könnens geben?"

„Aber sehr gerne." Marten griff nach dem Gitarrenkoffer und packte das Instrument aus. „Was möchten Sie denn gerne hören?"

Herr und Frau Schnittke schauten sich kurz an und sagten dann im Chor. „Was von den Rolling Stones."

„Okay. Kein Problem." Marten schnallte sich die Gitarre um und stimmte den Klassiker *The Last Time* an.

Schnittkes klatschten und sangen begeistert mit, und immer mehr Passanten blieben stehen, um an dem spontanen Konzert teilzuhaben. Nach ein paar Minuten hatte sich bereits eine kleine Menschentraube auf dem Gehweg vor dem Backhuus gebildet, und die Zuhörer skandierten nach jedem Song begeistert Zugabe, die Marten ihnen prompt lieferte. Er war in seinem Element und ließ sich von den Leuten feiern. Ich beobachtete fasziniert, wie er Gitarre spielte, sang und die Menschen um sich herum in seinen Bann zog. Bald klatschte und sang ich auch mit und vergaß dabei völlig, dass ich ursprünglich wegen eines Auftrages hier war und nicht, um Marten live zu erleben.

Britta stupste mich in die Seite. „Er gefällt dir", sagte sie im verschwörerischen Ton und grinste mich an.

„Ach, Quatsch!", protestierte ich etwas zu heftig, weil ich merkte, dass sie recht hatte und ich mich ertappt fühlte. „Das ist alles rein beruflich. Ganz professionell."

„Na, klar", antwortete sie betont ernst. „Alles rein beruflich. Deswegen glühen deine Wangen auch, und du hast endlich wieder ein Leuchten in den Augen."

Ich winkte ab. „Das ist bloß die Wärme", versuchte ich sie vom Gegenteil zu überzeugen.

„Na, dann." Britta grinste mich an und ging zu Ocke und den Schnittkes.

Ich schaute ihr hinter. Natürlich glaubte sie mir kein Wort. Dafür kannte sie mich viel zu gut. Sie hatte es mir schon immer an der Nasenspitze angesehen, wenn ich dabei war, mich zu verlieben.

Als ich Isabel das nächste Mal traf, um das Musikprogramm zu besprechen, erzählte ich ihr natürlich gleich von Marten. Irgendwie musste ich immer wieder unvermittelt an ihn denken. So ganz kalt ließ er mich einfach nicht. Marten und ich hatten vor Kurzem miteinander telefoniert, um noch mal über den Kindergeburtstag zu sprechen, als er mir von einem Gig erzählte, den er am heutigen Abend im Dünen-Hus hatte. Natürlich ließ ich mir das nicht entgehen. War ja auch quasi eine berufliche Veranstaltung für mich. Und für Isabel die perfekte Möglichkeit, sich denjenigen schon mal anzusehen, der vielleicht auf ihrer Hochzeit spielte.

Isabel und ich liefen auf einem schmalen Weg durch die Dünen, bis wir den weitläufigen Strand erreicht hatten. Über unseren Köpfen tanzten Winddrachen durch die Lüfte. Die verschiedensten Himmelsstürmer flatterten im Sonnenschein durch die Winde, von kleinen bunten Fliegern über pinke Kätzchen, kreiselnde Windsäcke mit langen Flatterbändern, bis hin zu metergroßen grünen Drachen war alles dabei. Wir gingen weiter, bis wir die Brandung des Meeres erreicht hatten, zogen unsere Schuhe aus und wateten durch das flache kühle

Wasser, bis wir nach einer Weile an der Seebrücke ankamen, über die wir zur Promenade liefen. Von Weitem konnte ich schon erkennen, dass viele Leute zu der Veranstaltung gekommen waren.

„Na, das Konzert ist aber gut besucht", bemerkte Isabel, als wir auf der Höhe des Wärterhäuschens waren. „Ziemlich viel los hier."

„Das ist normal, wenn es ein Open-Air-Konzert gibt und das Wetter auch noch mitspielt."

Touristen und St. Peteraner bevölkerten gleichermaßen den großen Platz der Promenade, der von sanften Wasserläufen durchzogen war. Die Bühne unter dem wellenförmigen Dach des Dünen-Hus war für das Sommer-Open-Air nach außen geöffnet worden. Die Sitzbänke vor der Bühne waren bis auf den letzten Platz belegt. Dahinter und daneben drängten sich die Menschen dicht an dicht, um den Auftritt des Orchesters der Freiwilligen Feuerwehr von St. Peter-Ording nicht zu verpassen, bei dem Petter Grube Trompete spielte, wie ich wusste. Isabel und ich stellten uns seitlich zur Bühne hin.

„Meine Güte, wie viele Leute sind das wohl?", fragte Isabel.

„Vor der Bühne haben ungefähr 600 Leute Platz, aber es scheinen heute deutlich mehr zu sein."

„Das kommt mir auch so vor. Wow."

„ Hast du eigentlich Durst? Meine Kehle ist staubtrocken."

„Ja. Und wie!"

„Warte hier. Ich hole uns was." Ich schob mich durch die Menschenmenge und hielt dabei nach Gabi Ausschau, konnte sie aber nirgends entdecken. Dafür machte ich Tante Gertrud aus, die an dem Getränkehäuschen stand und den Konzertklängen konzentriert lauschte und leicht zur Musik mitwippte. Sie war ganz in Schwarz gekleidet, was ziemlich elegant aussah. Sie entdeckte mich fast zeitgleich wie ich sie und winkte mir aufgeregt zu. „Henrijette", rief sie.

Ich winkte zurück und ging auf sie zu. „Hallo, Tante Gertrud. Hätte ich mir ja fast denken können, dass ich dich hier treffen würde", sagte ich in Anspielung an Petter Grubes Auftritt.

„So sicher ist das gar nicht gewesen, dass ich heute hier bin. Eigentlich hatte ich eine Verabredung mit einem neuen Buch. Aber ich wurde gebeten, als eine Art

Vertretung einzuspringen", sagte sie und schaute dabei wichtig. „Und du weißt, wenn ich gebraucht werde, bin ich zur Stelle. Immer und zu jeder Zeit." In einer Hand hielt sie ein Handy, das sie mir nun demonstrativ zeigte.

„Eine Art Vertretung?" Ich hatte keinen blassen Schimmer, was sie damit meinte.

„Falls es Leichen geben sollte", raunte sie mir zu und schob sich ihre Brille höher auf den Nasenrücken.

„Leichen?" Ich schüttelte den Kopf. „Wieso sollte es hier denn Leichen geben?"

Tante Gertrud verdrehte die Augen. „Doch nicht unbedingt hier. Sondern eben überall in St. Peter. Das ist das Firmenhandy von Bestattungen Grube, und ich bin die Vertretung, falls es Todesfälle gibt."

Ich schaute zur Bühne, auf der ich Petter Grube nun inmitten der Kapelle entdeckte.

„Fährst du dann etwa mit dem Bestattungswagen los?", fragte ich scherzhaft – jetzt erschloss sich mir auch, warum sie Schwarz trug. Tante Gertrud, die persönliche Assistentin von Petter Grube.

„Natürlich nicht, Henrijette. Wo denkst du denn

hin?“, fragte sie mich leicht entsetzt. „Wie komme ich denn dazu, einen Bestattungswagen zu fahren?“

Ich zuckte die Schultern. „Hätte ja sein können.“

„Ich nehme bloß eingehende Telefonate entgegen und gebe Petter Grube dann unverzüglich Bescheid. Du weißt ja, dass ein Beerdigungsinstitut rund um die Uhr erreichbar sein muss. Gestorben wird nicht nach Zeitplan“, erklärte sie mir. „Den Bestattungswagen fährt er übrigens selbst.“

„Dann ist ja gut.“ Ich gab einer Dame hinter dem Tresen ein Handzeichen und bestellte zwei Apfelschorlen. „Ich muss jetzt leider wieder los“, sagte ich zu Tante Gertrud, nachdem ich die Getränke in Empfang genommen hatte. „Ich bin mit einer zukünftigen Braut hier, mit der ich gleich den Auftritt von meinem neuen Hochzeitssänger angucke.“

Wir verabschiedeten uns, und ich schob mich wieder zurück durch die Menschenmenge. Auf halbem Wege stoppte ich abrupt.

„So sieht man sich wieder.“ Klaas stand vor mir, die Hände in die Hosentaschen seiner Jeans vergraben, und schaute mich verlegen an.

Ich spürte, wie Wut in mir aufstieg. Wut, mit der ich nicht gerechnet hatte, die ich schon als verarbeitet geglaubt hatte. Wut über die Tatsache, dass Klaas mich wieder einmal belogen hatte. Mir seine Verlobte verschwiegen hatte. Wut darüber, dass ich von seiner Hochzeit durch seine zukünftige Ehefrau erfahren musste – ausgerechnet! Mich ärgerte es maßlos, dass er mal wieder zu feige gewesen war, die Tatsachen direkt anzusprechen. Aber das wollte ich mir nicht anmerken lassen. Deswegen straffte ich die Schultern, hob das Kinn und räusperte mich. „Kann ich bitte vorbei?"

„Lass uns kurz reden."

„Ich muss zu einer Kundin", wiegelte ich ab und versuchte, mich an ihm vorbeizuschieben.

Klaas versperrte mir jedoch in den Weg, was bei den vielen Leuten um uns herum nicht weiter schwer war. „Bitte", sagte er nachdrücklich. „Nur zwei Minuten."

„Gut." Ich nickte. „Du hast zwei Minuten."

„Mensch, Jette. Ich wollte es dir doch sagen. Ehrlich!" Ich schwieg beharrlich und funkelte ihn böse an. Und ärgerte mich im gleichen Moment darüber, weil ich eigentlich Haltung bewahren wollte.

„Ich hätte es dir gesagt."

„Aha? Wann denn, Klaas? Nach eurer Hochzeit etwa? Nachdem du ihr heimlich das Ja-Wort gegeben hättest und dann sang- und klanglos St. Peter-Ording wieder verlassen hättest?"

„Nein. Natürlich nicht!"

„Du hast doch einen ganzen Abend in der Muschelkiste Zeit gehabt, mich in Kenntnis zu setzen! Warum hast du die Gelegenheit nicht genutzt und mir sofort reinen Wein über deine Pläne eingeschenkt?", fragte ich. „Wir hätten uns das ganze Theater schenken können."

„Ich wollte mich mit dir versöhnen und in Ruhe mit dir reden. Da hätte ich doch nicht gleich mit der Tür ins Haus fallen und dir von meinen Hochzeitsplänen erzählen können. Allein schon wegen damals …"

„Doch, hättest du. Und zwar gerade wegen damals. Das wäre nämlich nur fair gewesen." Weiter kam ich nicht, denn plötzlich tauchte Frau Kaiser an Klaas' Seite auf, die mich begeistert anstrahlte.

„Frau Menken, was für ein schöner Zufall, dass wir Sie hier treffen. Klaas, dass ist übrigens die Dame, die sich mit der Organisation unserer Hochzeit beschäftigen wird“, plapperte Anna-Lena Kaiser drauflos. Sie schien gar nicht bemerkt zu haben, dass Klaas und ich vorher miteinander gesprochen hatten, sondern glaubte eher, dass wir zufällig nebeneinanderstanden und sie just in dem Moment dazugekommen war.

Ich entschied mich dafür, die Situation nicht aufzuklären und das Spielchen einfach mitzuspielen. Klaas' Verlobte konnte schließlich nichts für seine charakterlichen Ausfälle, und es reichte schon aus, wenn ich mich darüber ärgerte. Außerdem hatte ich den Auftrag angenommen und wollte diese Hochzeit professionell und tadellos über die Bühne bringen. Schon allein, um die Schatten der Vergangenheit loszuwerden und mit Klaas endgültig abschließen zu können. Was wäre da wirksamer, als ihn höchstpersönlich in den Hafen der Ehe zu steuern? Ich setzte mein Profi-Lächeln auf. „Ja, wirklich ein Zufall.“

Anna-Lena Kaiser stellte uns vor, und wir taten so, als würden wir uns gerade kennenlernen. Dann ließ sie ihren Blick über die Menge schweifen und sagte: „Wie schön, dass wir uns kurz gesehen haben. Ich melde mich morgen bei Ihnen, ja? Jetzt müssen wir leider weiter.

Meine Schwiegereltern warten auf der anderen Seite der Bühne auf uns", sagte Frau Kaiser und zog Klaas mit sich, der ebenfalls gute Miene zum bösen Spiel gemacht hatte.

„Bis demnächst", sagte ich noch und setzte meinen Weg in die entgegengesetzte Richtung fort, wobei ich auch Gabi traf, die mich zu Isabel begleitete.

„Unglaublich, dieser Klaas", wiederholte sie immer wieder, nachdem ich ihr die Kurzfassung unseres Gesprächs wiedergegeben hatte. Wir waren bei Isabel angekommen, die von einigen jungen Mädchen erkannt worden war, ihnen bereitwillig Autogramme gab und mit ihnen für Fotos posierte.

„So ist es. Aber ich möchte mir davon nicht den Abend verderben lassen, sondern das Konzert genießen", sagte ich, als Marten mit seiner Gitarre die Bühne betrat und die ersten stimmungsvollen Klänge eines Songs durch die Abendluft getragen wurde. Er hatte sich zur Feier des Tages ein dunkles Jackett über ein weißes T-Shirt gezogen, das er zu seiner Jeans trug. Ich konnte trotz der Entfernung erkennen, dass seine Haare etwas kürzer waren als bei unserer letzten Begegnung.

Unverschämt gut sah er auch heute wieder aus. Die Sonne stand bereits tief über dem Meer, und seitlich an den Zuschauerbänken leuchteten Lampen auf. Die abendliche Stimmung wurde von Martens Liedern wunderbar untermalt. Er verzauberte das Publikum mit seiner Stimme, seiner Bühnenpräsenz und seinem Charme. Alle lauschten ihm wie gebannt.

„Wow! Ist der toll!", sagte Gabi, als Marten den Refrain des Beatles Klassiker *Hey Jude* sang und das Publikum dazu animierte, mit ihm zu singen, was die Zuschauer auch sogleich taten.

„Grandios", stimmte auch Isabel mit einem verträumten Blick in die Lobeshymne ein.

„Marten ist weltklasse. In meinen Augen ein absolutes Ausnahmetalent." Ich spürte, wie ich Gänsehaut bekam. Nach dem zweiten Song fühlte ich mich wie berauscht, fast so, als hätte ich einen leichten Schwips. Den ich natürlich nicht hatte, denn Apfelschorle war ja bekanntlich alkoholfrei.

Martens Auftritt dauerte eine gute halbe Stunde. Viel zu kurz für meinen Geschmack. Er bekam Standing Ovations von den Zuschauern. Nach drei Zugaben machte er die Bühne für den Haupt-Act frei, eine Folk-Gruppe, die sich im Norden großer Beliebtheit erfreute.

Wir trafen Marten im Dünen-Hus, wo er an einem Tisch saß, seine CDs verkaufte und geduldig Autogrammkarten signierte. Manche schienen ihn noch von seiner Casting-Show-Zeit zu kennen und machten Selfies mit ihm. Er nahm sich Zeit für seine Fans und unterhielt sich in Ruhe mit ihnen. Durch seine offene und herzliche Art stellte er sofort eine Bindung zu den Menschen her. Er hatte keinerlei Allüren und schien sich in der Menge pudelwohl zu fühlen. Ich mochte seine bodenständige Art sehr und spürte ein leichtes Kribbeln im Bauch. Ich musste unwillkürlich an Brittas Feststellung nach der Besprechung im Backhuus denken, ich wäre dabei, mich in Marten zu verlieben. Vielleicht hatte sie recht. Aber natürlich war mir bewusst, dass aus uns nie etwas werden würde. Meine oberste Priorität war nämlich, Beruf und Privatleben strikt zu trennen. Eine Beziehung am Arbeitsplatz kam für mich schlichtweg nicht infrage. Nur gut, dass Gabi noch nichts aufgefallen zu sein schien, so konnte ich den Schein wenigstens vor ihr wahren.

Wir warteten, bis er fertig war, und dann stellte ich Isabel Marten vor. Gabi und ich konnten uns ein leichtes Grinsen nicht verkneifen, denn Isabel wirkte mit einem Mal richtig nervös – fast schon ein wenig aufgedreht. Sie war ganz offensichtlich ein Fan von Marten, da gab es kein Vertun. Als die beiden sich unterhielten, nutzte ich die Gelegenheit, noch mal mit Gabi über meine Begegnung mit Klaas an diesem Abend zu reden. Ich beharrte weiterhin darauf, diese Hochzeit unbedingt durchziehen zu wollen. „Koste es, was es wolle. Ich möchte, dass der Spuk danach endgültig vorbei ist und ich einen Strich unter diese Geschichte ziehen kann", erklärte ich ihr.

Gabi legte mir eine Hand auf die Schulter. „Das finde ich großartig, und du wirst es auch schaffen. Ich helfe dir, wo ich kann, nicht nur beruflich. Du kannst dich immer an mich wenden."

„Danke, Gabi. Das weiß ich wirklich zu schätzen." Ich warf einen Blick zu Isabel und Marten. Isabel hielt mittlerweile eine signierte CD in den Händen und ein älterer Herr knipste gerade mit ihrem Handy ein Foto von ihr und Marten.

„Ich glaube, da werden gerade Wünsche wahr“, schmunzelte Gabi.

„Das ist doch unser Job, Wünsche wahr werden zu lassen“, sagte ich zu Gabi.

Sie nickte. „Wobei man darüber nicht seine eigenen Wünsche vergessen darf“, warf sie ein.

Ich wusste, worauf sie anspielte und antwortete deswegen: „Für die eigenen Wünsche ist nach der Hochzeitssaison wieder genügend Zeit.“

„Du weißt, was ich meine. Du vergräbst dich in deine Arbeit und achtest dabei zu wenig auf dich selbst. Das rächt sich mit der Zeit. Ich würde dir raten, dass du besser schauen solltest, auf Dauer eine gesunde Mischung hinbezukommen. Also, wenn du mich um Rat fragst natürlich nur …“, schmunzelte sie.

Ich grinste. „Natürlich! Ich werde deinen Rat beherzigen. Versprochen.“

7. Kapitel

Samstagabend hatte Britta Gabi, Marten, Ocke und mich zum Essen eingeladen. Sie wollte in gemütlicher Runde das Geschäftliche mit dem Privaten verbinden und noch ein, zwei Dinge besprechen, was unsere Promi-Hochzeit betraf. Nichts durfte an dem großen Tag dem Zufall überlassen werden. Alles musste perfekt geplant sein.

Meine Wohnung lag nur wenige Gehminuten von Brittas Haus entfernt, das sie zusammen mit ihrer Tochter bewohnte. Der Sonnenschein hatte sich verabschiedet und war einer Schlechtwetterfront gewichen, die böigen Wind und unangenehmen Nieselregen mit sich gebracht hatte. Deswegen hatte ich mich an dem Abend für eine bequeme Jeans, ein Shirt mit V-Ausschnitt, Stoffturnschuhe und eine praktische Regenjacke entschieden, bevor ich zu Britta aufbrach. Ein Regenschirm war an der Nordseeküste ohnehin nicht zu gebrauchen, denn spätestens nach einer kräftigen Böe war er hinüber. Mit einer Regenjacke war man hier bestens bedient.

Ich zog die Haustür hinter mir zu, durchquerte den Garten und gelangte durch ein Holztor schließlich auf den Gehweg. Nach wenigen Metern hupte es links von mir. Ich zuckte zusammen. Ein grüner Twingo hatte neben mir angehalten, der dem Namen Rostlaube alle Ehre machte. Ich beugte mich ein wenig vor, um besser durch das Beifahrerfenster sehen zu können und erblickte keinen anderen als Marten hinter dem Steuer. Mein Herz tat einen überraschten Hüpfer, und ich spürte wieder das Kribbeln in meiner Bauchgegend.

„Komm, steig ein!“, rief er mir zu, als wäre es das Normalste auf der Welt, mich durch die Gegend zu kutschieren.

Das Angebot nahm ich bei dem Schmuddelwetter gerne an und kletterte auf den Beifahrersitz. „Danke, dass du mich aufgegabelt hast. So komme ich doch noch halbwegs trocken bei Britta an.“

Marten drehte die Musik von den Beach Boys leiser. „Solange das Dach bis zu Brittas Haus hält, sollte das klappen“, spielte er auf die rostigen Stellen an, die sich über das ganze Auto verteilten, und grinste mich an.

„Na dann hoffen wir das Beste“, gab ich ebenfalls grinsend zurück und schnallte mich an.

„Ah, du magst die Beach Boys“, stellte ich fest und deutete auf das Kassettendeck, das in Martens Twingo eingebaut war und den ungefähren Rückschluss zuließ, dass das Auto wahrscheinlich aus den 1990er-Jahren stammte.

„Auf jeden Fall und besonders im Sommer“, antwortete er und drehte die Lautstärke bei *Wouldn't it be nice* ein bisschen höher. „Das sind Klassiker ohne Verfallsdatum. Die sind für die Ewigkeit geschrieben worden und werden vermutlich noch in 100 Jahren von Surfern am Strand gehört werden, während sie auf die heranrauschenden Wellen schauen“, schwärmte er und nickte im Takt der Musik.

Nach ein paar Metern tauchte ein Warndreieck vor uns auf. Dahinter erblickte ich eine wuchtige schwarze Limousine. Ein Mann im schwarzen Anzug und eine Frau standen in leicht gebückter Haltung auf der Straße, in der Höhe des Vorderreifens, und kehrten uns den Rücken zu.

„Da hat jemand eine Panne“, bemerkte Marten.

„Offensichtlich.“

„Mal sehen, ob ich helfen kann.“ Marten steuerte seinen Wagen vor die Limousine und hielt an.

Als wir ausstiegen, erkannte ich, wer da eine Autopanne hatte: Tante Gertrud und Petter Grube. Ich wusste nicht, ob es ein gutes oder ein schlechtes Omen war, auf meine Tante zu treffen, wenn ich in Begleitung von Marten unterwegs war. „Moin! Was ist euch denn passiert?“, wollte ich wissen.

„Ach, Henrijette. Schau dir das an. Der Vorderreifen ist geplatzt.“

„Moin!“ Marten hatte sich zu uns gesellt.

„Wie ist das passiert?“, fragte ich.

Tante Gertrud zuckte die Achseln. „Weiß ich auch nicht. Es hat laut geknallt und dann sind wir etwas geschlingert.“

„Wahrscheinlich ist da jemand mit einem heißen Reifen unterwegs gewesen“, scherzte Marten und zwinkerte mir zu.

„Von wegen heißer Reifen. Wir hatten höchstens 40 km/h auf dem Tacho“, schaltete Petter Grube sich nun ein, der auf der Straße kniete, um den Schaden näher begutachten zu können.

„Das muss man sich mal vorstellen, dabei ist der Wagen kein halbes Jahr alt und jetzt so was. Normalerweise dürfte das doch gar nicht passieren.“ Tante Gertrud zeigte anklagend auf den platten Reifen. „Das ist doch Pfusch!“

Petter Grubes Gesicht war vor Erregung gerötet. Er griff in die Hosentasche und beförderte ein Stofftaschentuch hervor, womit er sich Schweißperlen von der Stirn tupfte. „In 40 Berufsjahren ist mir so etwas noch nicht passiert. Und ausgerechnet jetzt, wo ich den alten Opa Brodersen hinten drin habe.“

„Da ist eine Leiche hinten drin?“, fragte ich argwöhnisch und schaute zu der Ladefläche.

„Natürlich ist da eine Leiche drin. Was denkst du denn, was im Leichenwagen befördert wird?“, fragte Tante Gertrud. „Die Lebenden nehmen für gewöhnlich den Bus.“

„Der muss möglichst schnell in die Kühlkammer“, fügte Petter Grube hinzu.

„Dann wollen wir am besten keine Zeit verlieren“,

sagte Marten. „Bitte einmal die Handbremse anziehen und den ersten Gang einlegen. Wo ist denn der Wagenheber?"

„Kannst du das denn?", fragte ich ihn.

„Klar. Bin eigentlich von Haus aus gelernter Kfz-Mechaniker. Neben der Musik."

„Und wie lange wird das dauern?"

„Ungefähr 15 Minuten. Dann dürfte die Kiste wieder startklar sein."

„Ich schreibe Britta eine Nachricht, dass wir uns etwas verspäten. Damit sie Bescheid weiß."

Marten und Petter Grube verschwanden am hinteren Ende des Wagens, während ich meiner Freundin mitteilte, dass wir gerade dabei waren, Pannenservice zu spielen und deswegen nicht pünktlich bei ihr auf der Matte stehen konnten. Der Wagenheber und das Notfallrad lagen unter der Ladefläche der Limousine, wie Petter Grube Marten informierte. „Na dann muss Opa Brodersen leider raus. Sonst komme ich weder an den Heber noch an das Rad", stellte Marten fest.

Mit vereinten Kräften hievten Marten und Petter Grube den Sarg mit Opa Brodersen aus dem Wagen und stellten ihn auf dem Bürgersteig ab. Passanten beobachteten misstrauisch das kuriose Schauspiel und wechselten dann vorsichtshalber die Straßenseite. Ihnen war eine Totenkiste auf dem Bürgersteig offensichtlich nicht ganz geheuer.

Tante Gertrud setzte sich wie selbstverständlich auf den Sarg und schlug die Beine übereinander. „Nur zur Sicherheit, damit der alte Brodersen nicht noch auf einem seiner letzten Wege verschwindet."

Ich musste grinsen. Tante Gertrud war schon eine Marke für sich. In einem kleinen Sicherheitsabstand stellte ich mich neben sie. Ein Sarg mit Leiche war mir ebenfalls nicht ganz koscher. Mich zog es eher zu lebendigen Menschen hin. Aber da war ich wohl anders gepolt als meine Tante.

Marten setzte den Wagenheber gekonnt an und wuchtete die Limousine hoch, bis sie die passende Montagehöhe für das Reserverad erreicht hatte. Ich schaute ihm dabei zu und war von seinem Geschick beeindruckt. Ein Wagenrad zu wechseln, das hatte ich zwar damals in der Fahrschule gelernt, aber über die Jahre längst vergessen, wie das eigentlich funktionierte. Im Ernstfall hätte ich wohl die Pannenhilfe angerufen und wäre nicht im Traum darauf gekommen, selbst Hand anzulegen.

„Wie geschickt dein Bekannter ist“, sagte Tante Gertrud nicht minder imponiert. „Wie heißt er doch gleich?“

„Marten. Marten Smid.“

„Marten Smid. Aha“, Tante Gertrud nickte wohlwollend. „Seid ihr schon lange zusammen?“, kam sie schließlich direkt zur Sache.

„Äh, nein“, wehrte ich ab. „Marten ist Musiker, und ich engagiere ihn für Hochzeiten. Wie sind nicht zusammen, Tante Gertrud, wir haben ein geschäftliches Verhältnis zueinander.“

Petter Grube reichte Marten auf Zuruf Werkzeug an.

„So? Das ist aber schade. Mit ihm hättest du wenigstens mal einen gescheiten Mann an deiner Seite. Jemanden, den man auch mal für etwas gebrauchen kann, wenn Not am Mann oder eben am Auto ist“, meinte meine Tante mit Kennerblick.

Darauf konnte ich nichts entgegnen, da just in dem Moment mein Handy klingelte. „Entschuldigung, Tante Gertrud.“

Ich entfernte mich ein paar Meter von Tante Gertrud und dem Sarg und fischte mein Mobiltelefon aus einer Tasche der Regenjacke. Auf dem Display blinkte Isabels Name. Ich hob überrascht die Augenbrauen. Was wollte sie denn an einem Samstagabend von mir? „Hallo, Isabel“, ging ich ran. In der Leitung erklang ein Schnaufen. Doch niemand antwortete.

„Hallo? Isabel?“, fragte ich noch mal und horchte angestrengt. „Alles klar bei dir?“

„Jette! Es ist was ganz Furchtbares passiert“, schluchzte sie mir ins Ohr.

Ich ging noch ein paar Meter weiter den Gehweg entlang. Tante Gertrud musste schließlich nicht alles wissen. „Was ist denn passiert?“

„Ich … ich glaube … Sebastian … er hat eine andere!“, platzte es aus ihr raus, gefolgt von einem noch lauteren Schluchzen.

„Nein!“, rief ich entsetzt. „Das kann ich mir überhaupt nicht vorstellen.“ Oder besser gesagt: Das wollte ich mir überhaupt nicht vorstellen!

„Doch. Ich habe die Fotos gesehen.“ Isabel weinte hemmungslos.

„Was denn um Gottes willen für Fotos?“

„Paparazzi-Fotos aus Hamburg.“ Isabel schnäuzte sich geräuschvoll die Nase.

„Und was ist da genau zu sehen?“

„Er, mit seiner Ex. Laura Hattrick, einer Sportjournalistin.“

„Oh.“ Ich verschränkte einen Arm vor meinem Oberkörper. „Aber vielleicht hat das auch gar nichts zu bedeuten. Sie könnten sich ja rein zufällig getroffen haben. Er wollte doch mit der Mannschaft zu diesem öffentlichen Termin. Und sie war eventuell rein beruflich dort?“

„Zufällig?“ Isabel schnaubte abfällig. „Das glaube ich kaum.“

„Aber warum denn nicht? So was kann schon mal vorkommen. Ist mir tatsächlich auch schon passiert.“

„Ja? Wo denn?“, fragte Isabel.

„Hier in St. Peter-Ording.“

„Ja. In St. Peter-Ording ist das bestimmt auch nicht außergewöhnlich. Aber in einer Großstadt wie Hamburg ist das eher unwahrscheinlich“, gab sie zu bedenken.

Da hatte sie vermutlich recht. Hier war es schwierig,

sich nach einer Trennung aus dem Weg zu gehen. „In welcher Situation wurden sie denn fotografiert? Auf der Veranstaltung?"

„Nein. In einem Restaurant. Es hatte nichts mit der Veranstaltung zu tun. Sie waren gemeinsam essen", sagte Isabel mit von Schluchzern geschüttelter Stimme.

Dieser Idiot! Ich fragte mich, warum Sebastian van Dijk das gemacht hatte. „Glaubst du nicht, er würde sich eher heimlich treffen, wenn er dich betrügen wollte?", fragte ich sie.

„Vielleicht haben sie es heimlich getan, aber offensichtlich hat sie jemand erwischt. Das Restaurant auf den Fotos kenne ich jedenfalls nicht. Es scheint keine bekannte Adresse zu sein."

Ich wischte mir mit dem Handrücken die Nässe vom Sprühregen aus dem Gesicht. „Hast du schon mit Sebastian gesprochen?"

„Nein."

Ich schöpfte neue Hoffnung. „Dann rufe ihn an und frage ihn. Vielleicht klärt sich das ganz einfach auf."

Isabel schwieg.

„Bist du in St. Peter-Ording? Ich könnte auch eben

zu dir kommen und dich bei dem Anruf moralisch unterstützen, wenn du möchtest", bot ich an. Im Notfall würde Britta bestimmt Verständnis dafür haben. Schließlich ging es um meinen bisher größten Auftrag.

„Nein, ich bin heute Nachmittag zurück nach Hamburg gefahren und nun bei meiner Schwester."

„Ach so. Dann triffst du dich persönlich mit Sebastian?", fragte ich hoffnungsvoll.

„Nein, Jette." Sie atmete geräuschvoll aus. „Ich muss die Hochzeit absagen, deswegen bin ich auch abgereist. Ich bin davon überzeugt, dass Sebastian mich mit dieser Laura Hattrick betrügt. Unter diesen Umständen kann ich ihn unmöglich heiraten."

Mir verschlug es vor Entsetzen für einen Moment die Sprache. Isabel wollte tatsächlich ihre Traumhochzeit und die damit verbundene TV-Hochzeits-Doku absagen. Um Himmels willen! Mir musste schnell etwas einfallen, womit ich Zeit gewinnen konnte, um das Ruder irgendwie herumzureißen. Immerhin ging es hier nebenbei auch um den Auftrag meines Lebens – und natürlich das Glück von Isabel und Sebastian. „Meinst du nicht, du solltest über deine Entscheidung wenigstens eine Nacht schlafen? Lass uns morgen noch mal in Ruhe telefonieren, ja?“

„Natürlich können wir morgen noch mal telefonieren, aber ich fürchte, da ist nicht viel zu machen“, Isabel weinte erneut los.

Ich versuchte, sie so gut es geht zu trösten, und überredete sie, morgen erneut zu sprechen. Und ich nahm mir vor, Sebastian ebenfalls anzurufen, und zwar bevor ich mit Isabel sprach. Manchmal gehörte auch so etwas zu den Aufgaben einer Hochzeitsplanerin.

Als ich wieder zurück zu dem Bestattungswagen kam, hatte Marten das Rad bereits erfolgreich gewechselt und war gerade dabei, zusammen mit Petter Grube die Kiste mit Opa Brodersen wieder zurück in die Limousine zu verfrachten. Derweil beäugte Tante Gertrud mit kritischem Blick das ausgewechselte Rad und machte einen sichtlich zufriedenen Eindruck. „Fachmännisch einwandfrei“, sagte sie und zeigte mir den erhobenen Daumen, als wäre sie unter die Kfz-Experten gegangen.

„Super!“, war das Einzige, was mir dazu einfiel.

Ich war durch das Gespräch mit Isabel noch völlig durch den Wind und froh, als wir uns wenig später von meiner Tante und Petter Grube verabschiedeten und ich wieder neben Marten im Twingo saß. Ich erzählte Marten in aller Kürze von Isabels Anruf und rechnete damit, dass er über die Hochzeitsabsage mindestens genauso entsetzt sein würde wie ich. „Die Besprechung können wir uns fast schenken."

„Abwarten und Tee trinken", sagte er jedoch gelassen. „Mach dich mal nicht unnötig verrückt." Er lächelte mich an, und ich konnte nicht anders als zurückzulächeln.

Meine Freundin öffnete die Tür. „Moin! Kommt rein. Gabi und Ocke warten schon im Wohnzimmer."

Marten ging vor, und ich schälte mich aus meiner Jacke.

Britta runzelte die Stirn. „Was ist denn mit dir passiert? Hast du wieder den Geist namens Klaas gesehen?"

„Ach, wenn es nur Klaas gewesen wäre. An den Anblick habe ich mich ja schon fast wieder gewöhnt." Ich betrat die kleine Diele des Friesenhäuschens, hängte meine Regenjacke zum Trocknen auf einen Bügel und folgte Britta ins Wohnzimmer, wo an dem langen Esstisch Gabi, Ocke und Marten saßen. Aus der Küche roch es lecker nach Chili con Carne, Brittas Spezialität. Ich kannte niemanden, der das scharfe Gericht so gut kochen konnte wie meine Freundin.

„Moin, Jette", empfing mich Ocke.

„Ocke ist nämlich schon am Verhungern und hat deswegen eure Ankunft sehnsüchtig erwartet", erklärte Britta mit einem Augenzwinkern.

Neben Marten und Ocke war jeweils ein Stuhl frei. Ich wählte automatisch den neben Marten. „Bevor wir mit dem Essen beginnen, muss ich euch noch etwas erzählen. Nichts Schönes. Leider."

Britta setzte sich neben Ocke, und ich berichtete von dem Telefonat, das ich zuvor mit Isabel geführt hatte. Britta, Gabi und Ocke schauten mich geschockt an.

„Das darf doch nicht wahr sein!", rief Britta entsetzt und schlug mit der Faust auf den Tisch. „Ist der denn von allen guten Geistern verlassen?"

„So hätte ich Sebastian gar nicht eingeschätzt", meinte Gabi erstaunt. „Nachdem er doch beim Heiratsantrag vor Aufregung einen Kollaps bekommen hat. Ich habe wirklich geglaubt, er liebt Isabel heiß und innig und es würden für ihn keine anderen Frauen existieren. So kann man sich täuschen."

„Mann, Mann, Mann." Ocke schüttelte den Kopf. „Der van Dijk und die Hattrick. Hat wohl ein paar Kopfbälle zu viel abbekommen, der Gute."

Der Einzige, der es scheinbar immer noch locker nahm, war Marten. „Nun wartet doch erst einmal ab. Noch ist gar nicht raus, ob da überhaupt etwas mit dieser Sporttante gelaufen ist", sagte er nüchtern. „Ich finde, wir sollten uns deswegen nicht verrückt machen."

„Du hast ja die Ruhe weg", stellte Gabi fest.

„Isabel hat gerade die Hochzeit abgesagt!", sagte ich verzweifelt.

„Ja, das hat sie im Affekt gesagt. Warte mal ab, da ist das letzte Wort noch nicht gesprochen", prognostizierte Marten und trank einen Schluck Bier.

Mir war nicht ganz klar, wie ich gelassen bleiben sollte, wenn mir womöglich der Auftrag meines Lebens wegbrach. Ganz zu schweigen davon, dass die Promi-

Hochzeit eine glänzende Referenz für alle Ewigkeiten gewesen wäre.

„Wie dem auch sei, jetzt wird erst einmal gegessen", verkündete Britta.

Trotz des Schocks wurde es dennoch ein netter Abend. Das Essen war vorzüglich, und Britta schenkte mir großzügig Wein nach, der für die angenehme Leichtigkeit sorgte, die sich in mir ausbreitete. Je weiter der Abend voranschritt, umso mehr kam ich zu der Erkenntnis, dass Marten vermutlich recht hatte. Die Hochzeit abzusagen, das konnte unmöglich Isabels letztes Wort gewesen sein. Wahrscheinlich würde Sebastian spätestens morgen mit einem Strauß Rosen vor ihr stehen, sich die mutmaßliche Affäre mit der Sportjournalistin als nicht wahr herausstellen, und die Hochzeitsglocken würden wie geplant läuten. Dann war die ganze Aufregung umsonst gewesen. Warum machte ich mir also deswegen einen Kopf? Ich sollte lieber den Abend und die Anwesenheit des Mannes neben mir genießen, dessen tiefblaue Augen mich hin und wieder amüsiert ansahen und der wahnsinnig gut roch, nach einer Mischung aus Ingwer und Sternanis, wie ich erstaunt feststellte. Er erzählte auf unterhaltsame Weise lustige Anekdoten aus seinem Musiker-Dasein, dass ich ihm am liebsten ewig zugehört hätte. Während er erzählte, berührte er wie beiläufig meinen Arm. Ich musste an Tante Gertrud denken, die Marten wohlwollend betrachtet hatte. „Also, du hast mit deiner praktischen Art vorhin beim Reifenwechseln mächtig Eindruck auf meine Tante gemacht“, hörte ich mich in Weinlaune zu Marten sagen.

Er legte den Kopf schief und schaute mich amüsiert an. „Habe ich das?“

„Ist dir das etwa nicht aufgefallen? Sie hat jeden deiner Handgriffe genauestens beobachtet.“

„Soso.“ Marten trank einen Schluck Bier und lächelte.

„Ja, und ich kann dir verraten, dass es fast unmöglich ist, meine Tante zu beeindrucken. Es sei denn, man heißt Petter Grube.“

„Und habe ich sonst noch jemanden beeindruckt?“, fragte er.

„Schon möglich“, gab ich zu und grinste.

Marten sagte nichts. Doch sein Lächeln wurde breiter. Ich unterbrach den Blickkontakt etwas verlegen, sah in die Runde und merkte gerade noch, wie sich Gabi und Britta einen vielsagenden Blick zuwarfen.

„Noch etwas Wein?", fragte Marten mich und hob die Weinflasche. Dabei verzog sich sein Mund zu diesem wundervollen schiefen Lächeln, das eine unwiderstehliche Wirkung auf mich ausübte.

„Ja, gerne", sagte ich und schaffte es dieses Mal nicht, meinen Blick von ihm zu lösen.

Ocke verabschiedete sich als Erster, weil er am nächsten Tag wieder früh aufstehen musste, um Brötchen im Backhuus zu backen. Als sich Gabi wenig später auch auf den Heimweg machen wollte, hatte ich meine Sorgen wegen der Hochzeit fast vergessen. „Willst du schon gehen? Der Abend hat doch gerade erst angefangen", fragte ich sie beschwingt.

„Es ist gleich 23 Uhr, und ich habe morgen früh einen Termin mit einem Brautpaar", erklärte sie.

„23 Uhr?", wunderte ich mich. Mir kam es noch gar nicht so spät vor. Offensichtlich hatte ich einen kleinen Schwips.

„Die Zeit vergeht in netter Gesellschaft eben wie im

Fluge“, sagte Gabi zum Abschied zu mir. „Rufst du mich morgen wegen der Hochzeit an, wenn du was Genaues weißt?“

Ich versprach ihr, mich zu melden, sobald ich mit Isabel und Sebastian telefoniert hatte.

„Bis Oldenswort komme ich mit dem Auto heute jedenfalls nicht mehr“, stellte Marten kurz darauf fest, als wir das Geschirr abräumten. Vor ihm standen einige leere Bierflaschen, die ihm als stumme Zeugen seine Fahruntüchtigkeit vor Augen führten. „Muss gleich mal meinen Kumpel Nils anschreiben und seine Gastfreundschaft für eine Nacht strapazieren.“

„Gut, dass ich es nicht weit habe. Aber der Wein wird vermutlich dafür sorgen, dass ich in Schlangenlinien nach Hause laufe“, gab ich munter kund.

Martens Kumpel Nils wohnte nur einige Straßen von meiner Wohnung entfernt. Deswegen hatte Marten auch darauf bestanden, mich nach Hause zu begleiten. War ja immerhin auf dem Weg.

„Ist dir kalt?“, fragte er.

„Ja, irgendwie schon.“ Die Temperaturen waren runtergegangen und durch die Bäume zog ein frischer Seewind, der die Blätter zum Rauschen und die Äste zum Knarren brachte. Und meine dünne Regenjacke wärmte nicht besonders.

Marten schälte sich aus seiner Sweatshirtjacke und reichte sie mir.

„Danke“, sagte ich und zog sie dankbar an. Sie fühlte sich kuschelig und warm an. Aber das Beste war, sie roch nach ihm. Ich sog den Geruch unauffällig ein, während ich die Regenjacke wieder überzog.

„Steht dir gut“, sagte er plötzlich.

Ich spürte, dass er mich beobachtete, als wollte er wissen, was das Gesagte in mir auslöste. Ich senkte den Blick, weil ich merkte, dass ich rot anlief. Im nächsten Moment wurde mir allerdings bewusst, dass Marten dies vermutlich gar nicht sehen konnte, weil es bereits stockdunkel war und die Straßen nur alle paar Meter durch das Licht der Laternen erhellt wurden. „Danke“ sagte ich wieder, strich mir die Haare aus dem Gesicht und versuchte, dabei möglichst cool zu wirken.

Marten ging dicht neben mir, und wir setzten unsere Unterhaltung vom Abendessen fort.

Als wir an meinem Garten ankamen, öffnete er für

mich das Holztor und begleitete mich bis zur Haustür. Dort schaltete sich das Licht automatisch durch den Bewegungsmelder an. Wir blieben stehen und schwiegen einen Moment. Keiner schien so recht zu wissen, was er sagen sollte. Marten hatte seine Hände in den Hosentaschen seiner Jeans vergraben. „Da wären wir wohl", sagte er schließlich und wippte nervös auf seinen Fußballen hin und her.

Ich nickte und wollte die Jacke ausziehen, obwohl ich sie am liebsten anbehalten hätte. „Ja, hier wohne ich."

Er winkte ab. „Behalte sie ruhig. Mir ist nicht kalt. Kannst sie mir beim nächsten Mal wiedergeben, wenn wir uns sehen."

Ich lächelte, griff in die Jackentasche und beförderte den Haustürschlüssel hervor.

„Jette?", fragte er mich zögerlich und ich spürte seine Hand auf meinem Oberarm.

„Ja?" Ich sah ihn an.

Marten beugte sich zu mir herab. Sein Gesicht war nur wenige Zentimeter von meinem entfernt. Mein Herzschlag setzte aus.

„Schlaf gut", sagte er leise.

„Du auch“, flüsterte ich.

Marten küsste mich sanft auf den Mund. Um mich herum drehte sich plötzlich alles, und als sich unsere Lippen voneinander lösten, fühlte ich mich ganz berauscht.

„Bis morgen zum Frühstück?“, fragte er.

„Bis morgen zum Frühstück“, erwiderte ich.

„Ich komme gegen zehn und bringe Brötchen mit?“

Ich nickte bloß und sah ihm hinterher, bis er um die Ecke bog und verschwunden war. Dann schloss ich die Tür auf und trat in den Hausflur. Als ich die Treppenstufen hinauf ging, hatte ich das Gefühl, auf Watte zu gehen. In dieser Nacht schlief ich in Martens Jacke gekuschelt ein, die ich über mein Nachtshirt gezogen hatte.

8. Kapitel

Am nächsten Morgen erwachte ich mit leichten Kopfschmerzen, setzte mich auf und blinzelte verschlafen gegen das Sonnenlicht, das durch die Vorhänge meines Schlafzimmers fiel. Langsam sickerten die Erinnerungen an den letzten Abend in mein Bewusstsein. Ein bisschen zu viel Wein. Marten und ich vor meiner Haustür. Der Kuss. Ich schloss die Augen und musste beim Gedanken an das Gefühl lächeln, das seine Lippen auf meinen in mir ausgelöst haben. Ich zog die Knie an und bemerkte, dass ich immer noch Martens Sweatshirtjacke trug. Mich durchfuhr ein Schreck. Wie spät war es überhaupt? Marten wollte doch zum Frühstück vorbeikommen. Hatte ich womöglich so tief geschlafen, dass ich das Läuten an der Tür nicht gehört hatte? Ich griff hastig nach dem kleinen silbernen Reisewecker, der auf meinem Nachtschränkchen stand. Zehn Uhr 20! Mist! Ich hatte tatsächlich verschlafen. Was musste

Marten jetzt nur von mir denken? Da besorgte er extra frische Brötchen zum Frühstück, und dann machte ich nicht auf. Ich lief in die Küche, wo ich am Abend zuvor das Handy ans Ladegerät angeschlossen hatte. Das Mobiltelefon blinkte. Wahrscheinlich eine Nachricht von Marten. Tatsächlich. Ich tippte auf die Mitteilung und las sie: *Moin Jette. Ich muss leider unser Frühstück absagen. Tut mir leid, muss wegen eines Notfalls dringend nach Berlin. Mach dir keine Sorgen, ich werde pünktlich zum Kindergeburtstag wieder da sein. Liebe Grüße Marten*

Ich ließ das Handy sinken und überlegte, ob ich nun enttäuscht oder erleichtert war. Nach Berlin war er also gefahren. Wegen eines Notfalls. Was das wohl für ein Notfall war? Ich schrieb ihm zurück: *Moin Marten! Kein Problem. Ich hoffe, es ist nichts allzu Schlimmes. Bis später, Jette.*

Kaum hatte ich auf *Senden* gedrückt, klingelte mein Handy. „Hallo?“, meldete ich mich.

Am anderen Ende der Leitung war Isabel.

„Moin, Isabel. Du bist ja früh dran. Wollten wir nicht

heute Nachmittag telefonieren?“

„Ich habe eine Nacht drüber geschlafen, so wie wir es ausgemacht haben, und meine Entscheidung steht nun endgültig fest.“

„Ja?“ Ich hielt den Atem an. Am gestrigen Abend wollte ich gerne glauben, dass Marten recht behalten und die Hochzeit letztendlich stattfinden würde. Aber die frühe Uhrzeit von Isabels Anruf ließ mich skeptisch werden, ob es ein Happy End für sie und Sebastian geben würde.

„Ich muss die Hochzeit absagen“, Isabel klang resigniert.

Ich setzte mich auf einen Küchenstuhl. Na, der Morgen fing ja toll an.

„Tut mir leid, Jette. Sebastian hat es verbockt. Es ist allein seine Schuld.“

Isabel ließ sich von mir nicht davon überzeugen, ein weiteres Mal in sich zu gehen. Sie war felsenfest davon überzeugt, von Sebastian betrogen worden zu sein. Obwohl er bis jetzt nicht die Möglichkeit gehabt hatte, ihr zu erklären, wie es zu dem Treffen mit Laura Hattrick gekommen war, da Isabel all seine Kontaktversuche ignorierte.

Ich war enttäuscht. Der Auftrag war mir so wichtig gewesen, und es tat mir leid für Isabel und Sebastian. Sie hatten so glücklich auf mich gewirkt, und ich konnte mir beim besten Willen nicht vorstellen, warum Sebastian seine Verlobte betrügen sollte. Aber vorerst hatte ich getan, was ich konnte. Ich gönnte mir eine heiße Dusche, machte mich in Windeseile fertig und auf den Weg zum Backhuus. Mir war nach Frühstück in Gesellschaft. Außerdem konnte ich so Britta gleich auf den aktuellen Stand der Dinge bezüglich der Promi-Hochzeit bringen.

„Oh, das sind ja keine guten Neuigkeiten", Britta stellte ein geflochtenes Körbchen mit Brötchen und Croissants auf den Tisch am Fenster, an dem ich saß.

Ich schüttelte den Kopf. „Sie ist vermutlich zu aufgebracht wegen der Fotos, und es ist eine Art Kurzschlussreaktion."

„Hört sich stark danach an", fand Britta und setzte sich auf den Stuhl mir gegenüber. „Was machen wir denn jetzt?"

„Sebastian anrufen, was sonst?“ Ich schnappte mir mein Handy und wählte seine Nummer. Nach ein paar Sekunden schüttelte ich den Kopf und legte das Telefon auf die Tischplatte.

„Und?“

„Sein Handy ist aus.“ Ich seufzte und fuhr mir mit den Fingern durchs Haar.

Britta stützte ihr Kinn auf ihre Hände und grinste mich an. „Na, dann kannst du mir ja endlich mal die wichtigen Dinge erzählen.“

„Was für wichtige Dinge?“

„Was zum Beispiel gestern zwischen dir und Marten noch so passiert ist.“

„Nichts. Was soll denn da noch passiert sein?“, fragte ich und schaute verlegen aus dem Fenster, das den Blick auf die Straße freigab.

„Dafür, dass es nichts war, bist du aber auf einmal ganz schön rot im Gesicht“, stellte Britta ohne Umschweife fest.

Ich schüttelte den Kopf. „Na ja … er hat mich eben nach Hause gebracht und so“, versuchte ich bei der Wahrheit zu bleiben, ohne aber Britta alles zu erzählen.

Britta zog eine Augenbraue nach oben. „Und so? Das nehme ich jetzt einfach mal als Bestätigung für meine Vermutung, dass da gestern sehr wohl noch etwas zwischen euch beiden passiert ist."

„Was du immer gleich denkst …", ich musste grinsen.

„Ich kenne dich eben, Jette. Du hast dich immer schon sehr bedeckt gehalten, wenn es wirklich etwas zu erzählen gab."

Britta grinste mich an und ich verdrehte die Augen. „Dann muss ich dir ja gar nichts mehr erzählen, wenn du eh schon alles weißt."

„Von wegen! Ich mache uns jetzt noch schnell eine Kanne Tee und dann möchte ich alle Details!" Sie verschwand hinter dem Tresen, um Teewasser aufzusetzen.

Sebastian war auch den restlichen Tag nicht zu erreichen. Egal, wie oft ich versuchte, ihn an die Strippe zu bekommen, das Handy blieb abgeschaltet. Irgendwann gab ich es auf und hoffte darauf, dass sich wenigstens Marten auf meine SMS zurückmelden würde und mir bei der Gelegenheit vielleicht etwas über den Notfall in Berlin verraten würde. Doch ich hörte weder von Sebastian noch von Marten etwas. Deswegen beschloss ich, mich auf andere wichtige Dinge zu konzentrieren, Ole-Pascals Geburtstagsfeier zum Beispiel, die heute anstand und die ich reibungslos über die Bühne bringen wollte.

Dafür hatte ich fünf Großraumtaxis gebucht, die die Kinder und die begleitenden Erwachsenen nach dem Frühstück zuerst zu einer geführten Besichtigung des Robbariums in den Westküstenparks kutschierten und danach in die Dünen-Therme bringen sollten. Gabi und ich fuhren in unseren privaten Pkws der Taxi-Kolonne hinterher. Mich erinnerte es an längst vergangene Ausflüge mit der Schulklasse, und ähnlich chaotisch lief dann unser Besuch in der Seehundanlage auch ab. Ich war heilfroh, als das Geburtstagskind und seine Gäste später in der Dünen-Therme angekommen waren und keine Robbe einen Hörschaden erlitten und kein Kind in einem Robbenbecken ertrunken war.

„Das ist ja wirklich ein toller Geburtstag!“, sagte Frau Schnittke begeistert. „Die Kinder haben so viel Spaß und werden heute Abend bestimmt alle wie die Murmeltiere schlafen.“

„Wir sind so froh, dass Sie die Organisation in die Hand genommen haben“, war auch Herr Schnittke voll des Lobes.

Ich stand auf der Empore der Dünen-Therme, wo Ole-Pascals Geburtstagstafel gedeckt war. Neben Brittas Kuchen, süßen Teilchen und einer Pyramide aus Schokoküssen hatte ich zusätzlich Kartoffelsalat, Bockwürste, Hamburger und Pommes frites in der ansässigen Gastronomie des Erlebnis-Bads für die Party bestellt. Ich blickte nervös auf die Uhr, die über der Theke hing. Marten hatte sich nicht mehr bei mir gemeldet und auch meine Nachricht nicht beantwortet. Ob er überhaupt noch erscheinen würde? Falls er nicht kam, würde ein großer Geburtstagswunsch für Ole-Pascal nicht in Erfüllung gehen, und ich hätte gegenüber dem Ehepaar Schnittke keine Erklärung dafür, warum ich nicht rechtzeitig für Ersatz gesorgt hatte.

„Wann sollte Marten noch mal auftreten?“, fragte Gabi mich.

„In knapp 40 Minuten. Um 16 Uhr.“

„Glaubst du, er kommt noch?“

„Das will ich schwer hoffen, sonst sehe ich alt aus.“

„Dann singen wir eben“, stellte Gabi trocken fest.

„Besser nicht.“

Je mehr sich der Zeiger der ausgemachten Uhrzeit für den Auftritt näherte und kein Marten in Sicht war, umso nervöser wurde ich. Als er dann um kurz vor vier, gerade noch pünktlich, mit seinem Gitarrenkoffer auf dem Rücken auftauchte, fiel mir ein Felsbrocken vom Herzen. „Mensch! Ich wusste nicht, ob du überhaupt kommst. Hättest mir ja wenigstens eine SMS schicken können“, empfing ich ihn.

„Entschuldige bitte. Aber ich musste so überstürzt nach Berlin, dass ich das Ladekabel für mein Handy vergessen hatte. Mein Akku war schon auf halber Strecke leer.“ Er lehnte den Koffer gegen die Theke und umarmte mich. „Hallo, erst mal.“

Ich erwiderte seine Umarmung. Warum er so dringend nach Berlin gemusst hatte, erwähnte er allerdings nicht. Dabei hätte es mich brennend interessiert. Mit den Kindern war verabredet gewesen, dass sie sich ab vier Uhr an der Geburtstagstafel einfinden sollten. Erstaunlicherweise hielten sich alle Kinder daran, was unter Umständen der Tatsache geschuldet war, dass

Schwimmen hungrig machte. Marten hatte einen Ehrenplatz an der Tafel. Der Musiker-Nachwuchs hatte sich gewünscht, dass der Profi beim Essen neben ihm saß. Die kleinen und großen Gäste machten sich über die Leckereien her.

Zunächst lief alles wie geplant, doch nach einer Weile machte sich Unruhe unter den Kindern breit. Einige sogen Pommes frites mit Strohhalmen an und ließen die Kartoffelstäbchen in die vollen Limo-Pappbecher ihrer Nachbarn plumpsen. Die wiederum rächten sich, indem sie Serviettenstücke in Ketchup oder Mayonnaise tunkten und sie damit bewarfen. Bald darauf war ein übermütiges Gerangel unter den Kindern im Gange, das sich auch durch Ermahnungen von Seiten der Erwachsenen nicht beenden ließ. Als die Kinder beschlossen, die Geburtstagstafel in der Dünen-Therme zweckzuentfremden und mit Schokoküssen und Kartoffelsalat eine wilde Essensschlacht zu veranstalteten, wobei sich auch nicht eingeladene Kinder beteiligten, lief die Party völlig aus dem Ruder.

„Die sind ja völlig außer Rand und Band!“, rief Gabi mir zu, in deren Haaren sich die klebrige Masse eines

Schokokusses verfangen hatte.

„Am besten wir bringen das Essen einfach hinter die Theke, dann geht ihnen die Munition aus“, rief ich über das Kindergeschrei zurück, bevor mich eine Handvoll Kartoffelsalat mitten ins Gesicht traf und mein rechtes Auge bedeckte. „Igitt!“

„Das dauert viel zu lange. So schaffen wir es nicht, die Situation schnell unter Kontrolle zu bekommen.“

Gabi reichte mir eine Papierserviette, mit der ich mein Auge notdürftig vom Kartoffelsalat befreite. Nie wieder Kindergeburtstag, schwor ich mir. Aus dem Augenwinkel meines nicht mit Kartoffelsalat verschmierten Auges konnte ich sehen, wie Marten sich einen Barhocker organisierte und vor die Geburtstagstafel stellte. Dann packte er seine Gitarre aus und fing einfach an, auf ihr zu spielen und einzelne Kinder zum Mitsingen zu animieren. Immer mehr kleine Gäste sangen mit, und schließlich ließen auch die restlichen Kinder vom Essen ab.

Dann bestimmte Marten eine Erwachsenen-Jury, die aus einem anwesenden Elternpaar und den Schnittkes bestand, und holte ein Kind nach dem anderen auf die improvisierte „Bühne“ und spielte mit ihnen eine Casting-Show nach. Das fanden die Kids glücklicherweise wesentlich interessanter, als sich mit Essen zu bewerfen, sodass der Tisch in Ruhe abgeräumt werden konnte.

„Nicht zu glauben. Jetzt sind sie wieder lammfromm, als könnten sie kein Wässerchen trüben“, sagte Gabi erstaunt. „Da können wir echt von Glück reden, dass Marten anscheinend selbst im größten Chaos die Nerven behält. Nicht schlecht!“

„Absolut! Diese Eigenschaft hätte ich auch gerne“, stimmte ich ihr zu. Ich war heilfroh, dass ich Marten an meiner Seite hatte, und wollte mir nicht ausmalen, wie der Kindergeburtstag ohne ihn verlaufen wäre. Ich beobachtete ihn, wie er mit den Kindern sang, sie zum Klatschen und Tanzen animierte und ihnen ein Leuchten in die Augen zauberte. Mich rührte seine empathische Art, und ich merkte, dass ich gerne mehr Zeit mit ihm verbringen würde, auch unabhängig von der Arbeit, was sich natürlich mit dem Prinzip schlecht vereinbaren ließ, Arbeit und Privatleben strikt voneinander zu trennen. Vielleicht war es auch an der Zeit, mit dieser mir selbst auferlegten Regel zu brechen?

Als ich die letzten Kinder wieder in die Großraumtaxis verfrachtet und sie auf dem Weg zu ihren Eltern ins Hotel waren, war es fast halb acht. Ich stand vor der Dünen-Therme und fühlte mich ausgepowert wie nach einem Marathon. „Hurra, wir leben noch!", sagte ich zu Gabi und umarmte sie.

„Oh ja, wir haben es tatsächlich geschafft. Unglaublich, aber wahr."

„Danke, dass du mir heute beigestanden hast. Ohne dich wäre ich aufgeschmissen gewesen."

„Sehr gerne."

Ich umarmte sie zum Abschied noch einmal, bevor sie sich auf den Weg zu ihrem Auto machte.

„Und wer umarmt mich?" Marten war neben mich getreten und sah mich erwartungsvoll an.

„Du wirst natürlich auch umarmt", sagte ich und schloss ihn in meine Arme. Er drückte mich an sich. „Ohne dich wäre ich sang- und klanglos untergegangen und die Dünen-Therme hätte sich in ein Schlachtfeld verwandelt."

„Ach was. Das hättest du auch so in den Griff bekommen", sagte er bescheiden und schnallte sich seinen Gitarrenkoffer auf den Rücken.

„Wie gut du das mit den Kindern gemeistert hast. Ich bin wirklich beeindruckt. Wo hast du das gelernt?“

Marten kratzte sich verlegen am Hinterkopf. „Sagen wir mal so, ich habe darin ein bisschen Erfahrung.“

Ich zog die Augenbrauen hoch. „Erfahrung? Bist du etwa neben Musiker und Kfz-Mechaniker auch noch Erzieher?“

Marten wiegte seinen Kopf hin und her. „Nicht ganz. Jedenfalls nicht im professionellen Sinne.“

„Aha? Sondern?“, wollte ich wissen.

„Meine Erfahrungen sind eher amateurhaft und durch *learning by doing* entstanden und haben etwas mit meiner Reise nach Berlin zu tun.“

„Verstehe ich nicht. Was hast du denn eigentlich in Berlin gemacht?“

„Krankenpflege.“

„Krankenpflege?“ Ich verstand gar nichts mehr.

„Meine Tochter lebt mit ihrer Mutter in Berlin und hat plötzlich die Windpocken bekommen. Sie konnte deswegen nicht in die Schule, und da war dann meine Wenigkeit gefragt, weil ihre Mutter arbeiten musste“, erklärte er. „Wir sind zwar schon länger getrennt, teilen uns aber so gut es geht die Erziehung von unserem Kind."

„Du hast eine Tochter?", fragte ich perplex.

„Ja. Tilda heißt sie. Willst du ein Foto sehen?" Er wartete meine Antwort nicht ab, sondern kramte in seiner Geldbörse und hielt mir ein Foto hin. Ein braunhaariges aufgewecktes Mädchen grinste mich an. Ich schätzte sie auf sieben oder acht Jahre.

„Niedlich", sagte ich, um überhaupt etwas zu sagen. Ich war völlig schockiert, versuchte meine Gefühle aber so gut es ging vor Marten zu verbergen.

„Nicht wahr?" Marten betrachtete voller Stolz das Foto und steckte es wieder ein.

Ich lächelte ihn verkrampft an.

„Sorry noch mal, dass es mit dem Frühstück nicht geklappt hat, aber es war wirklich ein Notfall", erklärte er sich erneut.

Ich verschränkte die Arme vor dem Oberkörper. „Kein Problem."

„Das holen wir aber demnächst nach, ja?", fragte er und gab mir einen schnellen Kuss auf den Mund.

Ich nickte stumm.

Als ich in meinem Auto saß, atmete ich tief durch. Eine Tochter. Von einer Frau, von der er längst getrennt war. So weit alles okay. Und trotzdem behagte mir der Gedanke nicht. Er hatte mich geküsst. Und ich hatte es zugelassen und mich sogar ein bisschen in ihn verliebt. Nach so langer Zeit hatte ich endlich wieder Schmetterlinge im Bauch. Und dann das! Mir war klar, dass ein Kind aus einer anderen Beziehung kein Grund war, einen Mann nicht zu lieben. Patchwork-Familien gab es schließlich wie Sand am Meer. Doch ich konnte mich einfach nicht so recht mit dem Gedanken anfreunden. Ich startete den Wagen und rollte vom Parkplatz. Wahrscheinlich sollte ich doch besser an meinen Prinzipien festhalten und Arbeit und Privatleben weiterhin trennen. Noch war es nicht zu spät dafür. Noch konnte ich auf Abstand zu Marten gehen und versuchen, meine frisch erwachten Gefühle für ihn zu verdrängen und mich dafür wieder ganz auf den Job zu konzentrieren. Ich setzte den Blinker und bog auf Maleens Knoll ein.

Am Abend hatte ich es mir mit einem Glas Rotwein in meinem Lieblingssessel gemütlich gemacht. Ich telefonierte mit Britta, um sie auf den aktuellen Stand der Dinge zu bringen. Durch ihre Arbeit im Backhuus war sie nicht bei Ole-Pascals Geburtstagsfeier dabei gewesen, sondern hatte nur am Mittag die bestellten Kuchen und süßen Teilchen zur Dünen-Therme geliefert. Ich berichtete ihr von der Essensschlacht, wie Marten die Situation gerettet und mir später erzählt hatte, dass er eine Tochter hatte. „Damit habe ich im Traum nicht gerechnet“, gestand ich meiner Freundin.

„Wo liegt das Problem? Wir leben doch nicht mehr im Mittelalter. Ich habe auch eine Tochter. Und?“

„Ich weiß. Trotzdem stört es mich irgendwie.“

„Weil du dir ein Idealbild zurechtgelegt hast, bevor du Marten wirklich kennengelernt hast. Das sollte man nicht tun, denn so wird man nur enttäuscht, wenn man mit der Realität konfrontiert wird“, wusch sie mir den Kopf.

„Hm“, brummte ich. „Aber du musst zugeben, dass Marten nicht wie der typische Vater aussieht.“

„Na komm, so konservativ bist du gar nicht. Und was soll das auch heißen? Der typische Vater?“

„Na ja …“ Natürlich hatte Britta recht. Jedem anderen hätte ich vermutlich auch gesagt, dass er oder sie sich nicht so anstellen soll. Doch sosehr ich mich auch bemühte, ich konnte mich gegen meine Vorstellung nicht wehren, in der ich ihn ohne eigene Familie gesehen hatte.

„Was willst du jetzt machen?“, wollte Britta wissen.

„Keine Ahnung. Unser Verhältnis wieder auf die berufliche Schiene bringen, dachte ich mir.“

„So ein Quatsch! Du hörst dich ja fast schon an wie Isabel. Was hast du ihr doch gleich geraten?“

„Eine Nacht drüber schlafen“, antwortete ich wahrheitsgemäß und trank einen Schluck Wein.

„Siehst du! Und genau das machst du jetzt auch. Und morgen sieht die Welt gleich ganz anders aus. Wirst schon sehen.“

Ich musste lachen. „Wenn du wüsstest! Morgen habe ich einen Besprechungstermin mit Klaas und seiner Verlobten.“

„Na, wenn du darüber schon lachen kannst, kann es ja nicht allzu schlimm sein“, stellte Britta fest.

Da musste ich meiner Freundin recht geben. Zumal ich merkte, dass ich wegen des anstehenden Termins mit

Klaas und seiner Zukünftigen absolut gelassen war und keine Bauchschmerzen hatte. Dafür kreisten meine Gedanken viel zu sehr um Marten und um die Frage, wie es mit uns weitergehen sollte – oder eben nicht.

Nachdem ich das Gespräch mit Britta beendet und ihr zuvor hoch und heilig versprochen hatte, keine voreiligen Entscheidungen wegen Marten zu treffen, versuchte ich noch einmal mein Glück bei Sebastian. Doch das Handy war nach wie vor aus. Ich schaltete den Computer ein, überflog die Punkte meines Konzepts, das ich morgen mit Klaas und Anna-Lena besprechen wollte, und beschloss danach, ausnahmsweise frühzeitig ins Bett zu gehen, um mich von Ole-Pascals Geburtstagsfeier und Martens Geständnis zu erholen.

Obwohl ich am nächsten Tag früh erwachte, fühlte ich mich ausgeschlafen und entspannt. Draußen herrschte schönstes Sommerwetter, und die Vögel zwitscherten vergnügt. Ich begann den Tag mit einem Frühstück auf dem Balkon und wollte danach mit dem Fahrrad zu meinem Büro radeln.

Um kurz nach neun Uhr schnallte ich mir meinen Rucksack auf den Rücken und setzte mir eine Sonnenbrille auf. Dann schwang ich mich auf mein Rad und trat gehörig in die Pedale, um dem Gegenwind zu trotzen. Ich radelte im flotten Tempo über den Deich. Um diese Uhrzeit waren nur wenige Leute unterwegs, sodass ich nahezu freie Bahn hatte – von ein paar Joggern und Hundebesitzern abgesehen. Die meisten Touristen saßen noch beim Frühstück oder lagen im Bett, und Einheimische waren längst bei der Arbeit. Das war mir recht.

Ich genoss die Ruhe auf dem Deich, den Wind in meinen Ohren und in meinen Haaren. Mein Blick war auf die endlosen Salzwiesen gerichtet, die den Übergang zwischen Meer und Land bildeten und in denen sich allerhand Brutvögel wie Austernfischer und Rotschenkel, Säbelschnäbler und Lachmöwen tummelten. Ich fühlte mich fast wie im Urlaub, wie eine Touristin, die die Gegend erkundete. Eigentlich sollte ich das viel häufiger machen, dachte ich. Früh schlafen gehen und dann morgens mit dem Rad zur Arbeit fahren. Immerhin lebte ich im wohl schönsten Ort an der Nordseeküste, kam jedoch viel zu selten neben der Arbeit dazu, mich daran zu erfreuen. Ich wurde jäh aus meinen Gedanken gerissen, als mein Handy anfing zu klingeln. Ich stieg vom Fahrrad und griff nach dem Mobiltelefon. „Hallo?"

Am anderen Ende meldete sich Sebastian. Die Hintergrundgeräusche ließen den Schluss zu, dass er in seinem Auto unterwegs war. „Ich habe gerade gesehen, dass du versucht hast, mich zu erreichen. Mein Handy war eine Weile aus."

„Ah Sebastian, gut, dass du anrufst", ich erzählte ihm von meinen Gesprächen mit Isabel und dass sie die Hochzeit abgesagt hatte.

„Ich versuche schon die ganze Zeit, mit Isabel zu reden, um ihr zu erklären, dass nichts an den Fotos mit Laura dran ist. Aber vergeblich. Isabel ignoriert all meine Kontaktversuche. Es ist alles total harmlos. Meine Ex ist mit einem anderen Fußballspieler aus meiner Mannschaft zusammen. Deswegen war sie auf der gleichen Veranstaltung in Hamburg wie ich. Allerdings haben Laura und der Fußballkollege ihre Beziehung noch nicht öffentlich gemacht. Und deshalb hat die Presse aus der Begegnung zwischen ihr und mir sofort eine neue Liebesgeschichte gemacht, die es natürlich nicht gibt", erklärte er aufgeregt. „Es gibt also gar keinen Grund, alles abzusagen. Ich muss dringend mit Isabel reden."

„Das habe ich mir schon fast gedacht", sagte ich und musste daran denken, was Marten zu der Angelegenheit gesagt hatte, als wir bei Britta zum Essen waren.

Sebastian bat mich darum, noch einmal mit Isabel zu reden, um sie umzustimmen und vor allem, um sie von seiner Unschuld zu überzeugen. „Ja. Ich probiere sie zu erreichen", ließ ich mich überreden, weil ich die Hochzeit unbedingt retten wollte. „Ich rede mit ihr. Aber überzeugen musst du sie schon selbst. Das ist nicht mein Job. Du bist der Mann, der sie heiraten will."

Klaas und seine Verlobte erschienen pünktlich zu unserem ausgemachten Termin in der Agentur. Anna-Lena Kaiser betrat mit einem strahlenden Lächeln als Erste das Agenturbüro, und Klaas folgte ihr im Schlepptau, schaute aber weniger begeistert. Er hatte seine Hände in den Hosentaschen vergraben und hielt den Blick leicht gesenkt. Es war ihm sichtlich unangenehm, dass seine

Zukünftige ausgerechnet mich mit der Hochzeitsplanung betraut hatte – die Frau, die er vor dem Altar hatte stehen lassen.

„Moin! Der Kaffee ist gleich fertig“, begrüßte ich das Paar. „Setzen Sie sich doch schon“, sagte ich zu Frau Kaiser und bot den Heiratswilligen einen Platz an meinem Besprechungstisch an.

Beide setzten sich, doch die zukünftige Braut sprang sogleich wieder auf. „Ach, herrje. Jetzt habe ich mein Handy doch glatt im Auto liegen lassen. Dabei hatte ich versprochen, erreichbar zu sein. Die Schneiderin wollte sich wegen des Hochzeitskleids melden. Entschuldigung, ich bin gleich wieder da.“ Sie verließ hastig mein Büro, und Klaas und ich waren allein.

„Ich hatte wirklich keine Ahnung, dass sie dich mit der Hochzeitsplanung beauftragt hat“, nutzte er die Gelegenheit zu einem Gespräch unter vier Augen. „Das musst du mir glauben, Jette. Sie hat mich einfach vor vollendete Tatsachen gestellt. Ich bin völlig überrumpelt worden.“

Ich stellte mein Laptop auf den Tisch und verkabelte es. „Darüber brauchst du dir keine Gedanken zu machen. Das ist absolut okay für mich. Ist ja schließlich mein Job", versicherte ich ihm. „Wenngleich ich eure Hochzeit doch recht kurzfristig planen muss. Normalerweise habe ich einen längeren Vorlauf. Gut, dass ihr nur kirchlich heiraten wollt. Das spart uns zumindest die Organisation mit dem Standesamt. Weiß sie eigentlich darüber Bescheid, wer ich bin?"

Er schüttelte den Kopf. „Nee! Wo denkst du hin?"

„Habe ich mir gedacht", sagte ich. Das überraschte mich kaum. Es war so typisch für Klaas. Im Verheimlichen war er zu Schulzeiten schon unschlagbar gewesen. Besonders schlechte Klassenarbeiten hatte er immer gekonnt vor seinen Eltern verborgen und dem Lehrer mit der gefälschten Unterschrift seines Vaters vorgelegt, die er in Perfektion beherrschte.

„Sie bringt es fertig und bläst die Hochzeit ab, wenn sie erfährt, dass du meine Ex bist und ich dich vorm Altar stehen gelassen habe. Das kann ich ihr einfach nicht sagen."

Ich schaltete das Notebook ein. „Dann werde ich dich in ihrem Beisein besser weiterhin siezen, damit sie keinen Verdacht schöpft?"

„Nein, das brauchst du nicht. Ich sage ihr einfach, dass wir uns von früher kennen", schlug Klaas vor. „Aus der Schule. Das stimmt ja auch."

Ich zog die Stirn kraus. „Wie du meinst", meinte ich und lächelte ihn dann an, weil in dem Moment die Braut in spe wieder zur Tür hereinkam und damit unser vertrauliches Gespräch beendet war.

„Da bin ich wieder", sagte sie und wedelte gut gelaunt mit ihrem Handy, das sie in einer Hand hielt.

„Wie schön. Ich hole uns Kaffee." Ich verschwand in der Teeküche, um Tassen und die Kanne mit dem heißen Wachmacher zu holen. Eigentlich war es doch ganz gut gewesen, dass Marten mir von seiner Tochter erzählt hatte. Viel besser jedenfalls als die Heimlichtuerei, die Klaas veranstaltete. Ich fragte mich, was Klaas' Verlobte eigentlich über ihn wusste? In meinen Augen war es ein absolutes Unding, eine Frau zu heiraten, ohne ihr vorher von der Fast-Hochzeit mit einer anderen erzählt zu haben. Diese Episode gehörte immerhin zu seiner Vergangenheit. Was würde geschehen, wenn diese Geschichte mal zufällig herauskam? Verschweigen war in dem Falle mindestens genauso schlimm wie lügen. Und auf Lügen eine Ehe aufzubauen, das konnte doch nur schiefgehen. Marten stand immerhin zu seiner Vergangenheit. Ich sollte einfach akzeptieren, dass ab einem gewissen Alter kein Mensch mehr ein unbeschriebenes Blatt war. Ich marschierte mit Kaffee und Tassen wieder zurück ins Büro. Anna-Lena Kaiser entpuppte sich während unserer Besprechung als schwierig zufriedenzustellen. Das überraschte mich, denn ich hatte doch zuvor von ihr einen äußerst sympathischen Eindruck gehabt. Im Grunde genommen fand die Besprechung ausschließlich zwischen mir und Klaas' Verlobten statt. Klaas hielt sich bei dem Gespräch vornehm zurück, nickte bei Bedarf höchstens einmal, sagte sonst aber keinen Ton. Anna-Lena Kaiser hatte das Sagen und sehr genaue Vorstellungen. Meine Vorschläge fanden kaum Anklang. Die verschiedenen Räumlichkeiten für die Feier empfand sie als nicht passend, weil sie ihr zu unromantisch waren. Das Hochzeitsmenü sollte möglichst aus biologisch angebauten Zutaten bestehen und kein Gluten enthalten, und der Preis für ihre Hochzeitsfrisur war ihr zu hoch. „Das muss ich noch mal genau durchrechnen. Es gibt bestimmt Punkte, bei denen wir noch ein wenig sparen können", sagte sie beim Abschied und steckte den Ausdruck der Kalkulation in die Handtasche. „Ich melde mich morgen bei Ihnen. Dann können wir den Rest festlegen. Über den Trauspruch müssen mein Verlobter und ich uns erst beraten. Wann treffen Sie Pastor Herpel?"

„In einer Stunde. Den groben Rahmen kann ich mit ihm schon besprechen", versprach ich.

Ich war heilfroh, als der Termin endlich vorbei war. Er hatte mich Nerven gekostet. Während ich das benutzte Geschirr in der Teeküche spülte, fragte ich mich, ob die beiden wohl glücklich miteinander werden würden. Erleichtert stellte ich fest, dass dies meine größte Sorge in Bezug auf Klaas war und nicht, dass er eine andere als mich heiratete.

Pastor Herpel wohnte in einem Einfamilienhaus mit Garten im ruhigen Ortsteil Böhl. Er war ein groß gewachsener, schlanker Mann mit Rauschebart und mit 50 in den besten Jahren. Wir kannten uns gut. Während der Hochzeitssaison trafen Gabi und ich uns einmal im Monat mit ihm, um zukünftige Trauungszeremonien zu besprechen.

Ich ging um das Haus herum, und als ich die Terrasse betrat, saßen Gabi und der Pastor schon zusammen am Tisch.

„Moin! Bin ich zu spät, oder war Gabi zu früh?"

„Ich war zu früh", sagte Gabi.

„Moin, Jette. Setz dich", begrüßte mich Pastor Herpel. Zwischen den Papieren, die Gabi auf dem Tisch ausgebreitet hatte, stand wie immer eine große Kanne Tee und eine Platte mit selbstgebackenem Erdbeerkuchen.

„Kuchen?", fragte er mich, kaum dass ich mich hingesetzt hatte.

„Ja, gerne."

Mit einem Tortenheber schob er ein großes Stück Obstkuchen auf einen Teller und reichte ihn mir. „Wie viele Heiratswillige hast du heute im Gepäck?"

„Ein Paar. Oder im besten Fall zwei. Bei Paar zwei herrscht gerade Katerstimmung", erklärte ich. „Und bei Paar Nummer eins kennen Sie den Bräutigam. Er kommt von hier."

„Aha?" Pastor Herpel lehnte sich in seinem Gartenstuhl zurück und sah mich erwartungsvoll an. „Wer ist es denn?"

„Klaas. Klaas Dierksen."

„Klaas Dierksen?", überlegte er.

„Der Klaas, der Jette bei ihrer Hochzeit hat sitzen lassen", half Gabi ihm auf die Sprünge.

„Oha!", der Pastor war erstaunt. „Und du sollst jetzt seine Hochzeit planen?"

Ich nickte.

„Willst du das denn? Immerhin wolltest du ihn mal heiraten."

„Das ist längst Schnee von gestern. Ich bin darüber hinweg und habe absolut kein Problem damit, seine Hochzeit zu organisieren", sagte ich überzeugt. „Die Trauung soll übrigens recht kurzfristig in der St. Ulrich Kirche stattfinden, ohne vorherige standesamtliche Trauung. Klaas und seine Zukünftige haben Sie als Wunschpastor angegeben. Ich habe allerdings darauf hingewiesen, dass die kirchlichen Termine schnell vergeben sind und es sein kann, dass der gewünschte Pfarrer ausgebucht oder anderweitig verhindert ist."

„Tja, das ist wohl wahr." Pastor Herpel fuhr mit einer Hand durch seinen Bart. „Normalerweise plane ich gerne ein paar Monate im Voraus, aber für einen meiner ehemaligen Schützlinge werde ich versuchen, alles möglich zu machen. Wann soll denn die kirchliche Trauung stattfinden?“

„Moment.“ Ich kramte meinen Terminkalender aus dem Rucksack heraus, den ich ganz altmodisch mit schriftlichen Notizen führte, und zeigte ihm das Datum. „Wie gesagt, es ist ziemlich kurzfristig … oh, Entschuldigung!“ Mein Handy klingelte. Ich stand auf und ging ein paar Meter von der Terrasse weg. Der Anruf kam von Isabel. Ich ahnte Schlimmes. Doch dann eröffnete sie mir, dass sie sich mit Sebastian getroffen hatte und er ihr hoch und heilig versprochen hatte, dass zwischen ihm und seiner Ex nichts passiert war. Sie hatten sich versöhnt, und Isabel war ganz erleichtert. Sie bedankte sich bei mir für meine Vermittlungsdienste und war nun wieder ganz aufgeregt, was ihre Hochzeit anging. Denn die sollte jetzt natürlich stattfinden. Als ich auflegte, fiel mir ein Stein vom Herzen. Das war gerade noch mal gut gegangen.

„Paar Nummer zwei scheint wieder im Boot zu sein“, berichtete ich erleichtert, als ich zurück zur Terrasse kam. Ein leichtes Lächeln umspielte meine Lippen. Ich tippte eine SMS an Marten: *Hast du noch Lust, auf Isabels und Sebastians Hochzeit zu singen? :-) Liebe Grüße, Jette*

9. Kapitel

Als ich mich am nächsten Tag noch einmal mit Anna-Lena Kaiser zusammensetzte, wollte sie das gestern abgesprochene Fünf-Gänge-Menü modifizieren. „Das Menü ist mir doch etwas zu deftig und zu ausschweifend." Klaas Verlobte schüttelte den Kopf und zog dabei die Augenbrauen zusammen. Sie saß am Besprechungstisch in meinem Büro und schob mir die Menüabfolge entschieden über die Tischplatte zu. „Ist ein Fünf-Gänge-Menü nicht ein wenig übertrieben? Schließlich kommen die Gäste nicht zusammen, um zu essen, sondern, um an einer Hochzeitsfeier teilzunehmen."

Klaas hatte sich komplett aus der Hochzeitsvorbereitung zurückgezogen. Diese überließ er ganz seiner zukünftigen Ehefrau. Deswegen musste ich bei den Terminen von nun an mit der zukünftigen Braut vorliebnehmen, die bei jeder unserer Besprechungen ihre Meinung zu bereits festgelegten Dingen änderte.

„Das ist sicherlich richtig. Doch auch das Essen an diesem Tag wird der Gesellschaft in Erinnerung bleiben“, gab ich zu bedenken und musste dabei an Tante Gertrud denken, die gerne auch mal nur wegen des Essens an familiären Feierlichkeiten teilnahm.

„Fünf Gänge halte ich trotzdem für über das Ziel hinausgeschossen“, warf Frau Kaiser ein.

Ich fragte mich, ob sie vielleicht ein wenig knauserig war und möglichst wenig für den eigentlich schönsten Tag in ihrem Leben ausgeben wollte. Auffällig war nämlich, dass sie mein Konzept bereits dreimal durchgerechnet und immer neue Punkte gefunden hatte, an denen sie sparen konnte. Das passierte mir sonst mit anderen Heiratswilligen eher selten. „Ganz wie Sie meinen“, sagte ich jedoch und bedauerte in Gedanken den armen Koch, der nun umplanen musste. Doch es half alles nichts, die Kundin war schließlich Königin, und meine Aufgabe bestand darin, dass sie sich auch so fühlte.

„Eine Vorspeise, ein Hauptgang und ein Dessert reichen aus, denke ich“, überlegte sie laut. „Wir nehmen einfach die Hochzeitssuppe als ersten Gang und streichen den Salat und die Grießnockerl mit Gemüsestreifen und Schnittlauchhaube. Als Hauptgang nehmen wir den Schweinerücken in Cognacsauce auf Käsespätzle und Speckbohnen. Auf die flambierten Scampi, mariniert mit frischen Kräutern auf Rucolaschaum verzichten wir. Zum Dessert reicht das Orangensorbet mit Champagner. Extra Kuchen oder Eis ist nicht notwendig. Vielleicht wird es noch Espresso geben."

Ich notierte mir ihre Wünsche und hoffte inständig, dass dies nun die letzten Änderungen waren. Doch mein Hoffen wurde nicht erhört.

„Und meinen Sie nicht, dass der Blumenschmuck für die Tische etwas zu opulent ist? Das kann man bestimmt noch ein bisschen reduzieren", fuhr sie mit ihrem Sparprogramm fort.

Ich schrieb ihre Änderungswünsche mit. „Der gebuchte Oldtimer bleibt aber?", rutschte es mir raus. Ich rechnete damit, dass sie auch hier Einsparpotenzial sah und deswegen womöglich mit Klaas' Golf zur Trauung fahren wollte.

„Ja, der bleibt", sagte sie zu meiner Überraschung und lächelte. „Der muss auf jeden Fall bleiben." Immerhin. „Dann wären wir so weit mit der Liste durch“, sagte ich abschließend zu ihr. „Falls Sie noch weitere Änderungswünsche haben sollten, dann melden Sie sich bitte jederzeit bei mir“, bot ich Frau Kaiser an, wenngleich ich inständig hoffte, nichts mehr von ihr zu hören.

Sie gab mir zum Abschied die Hand. „Das mache ich“, sagte sie und lächelte erneut, bevor sie aus der Agentur schwebte.

Ich setzte mich an meinem Schreibtisch und lehnte mich in meinem Stuhl zurück. Ich schloss die Augen und spürte, dass Frau Kaisers Wankelmütigkeit mich wertvolle Energie gekostet hatte. Davon musste ich mich kurz erholen, bevor es weiter im Programm ging. Als Nächstes stand ein beruflicher Termin mit Marten in meinem Büro an. Wir wollten die musikalische Untermalung von Gabis Hochzeit besprechen, für die sich meine Freundin Marten als Hochzeitssänger gewünscht hatte. Eine Viertelstunde vor unserer Verabredung bekam ich eine SMS: *Hi, Jette, das Wetter ist viel zu schön, um die Zeit im Büro zu verbringen. Ich bin noch mit meinem Surf-Kumpel Bjarne am Strand. Wollen wir uns nicht bei der Surfschule in Ording treffen? Liebe Grüße Marten*

Ich schüttelte den Kopf. Wie sollte ich da Privates und Geschäftliches trennen? Außerdem war ich auf solch ein ungezwungenes geschäftliches Treffen am Strand kleidungstechnisch gar nicht vorbereitet. Ich trug eine luftige Bluse und einen knielangen Rock, dazu mittelhohe Pumps, weil ich am Nachmittag noch einen Termin mit einem Hotelmanager hatte. Trotzdem erschien mir das Treffen am Strand als eine willkommene Abwechslung. Ich gab mir einen Ruck. Was machte es im Endeffekt schon für einen Unterschied, ob ich das Musikprogramm für Gabis Hochzeit in meinem Büro oder am Strand besprach? Egal, ob meine Kleidung passend war oder nicht. Ich war doch schließlich spontan.

Ich schnappte mir meinen Autoschlüssel und lief zu meinem Wagen. Ein paar Minuten später fuhr ich auf dem Strandweg in Richtung Norden. Ich klappte die Blende an der Fahrerseite runter. Die Sonne brannte vom Himmel, und ich genoss das traumhafte Wetter während der Fahrt. Als ich auf den Strandparkplatz einbog, sah ich auf einen Blick, dass auf der Sandbank einiges los war. Etliche Bullis, Wohnmobile und Pkws mit fremden Kfz-Kennzeichen zeugten von zahlreichen Besuchern. Glücklicherweise fand ich trotzdem schnell einen Parkplatz. Bevor ich ausstieg, setzte ich meine Sonnenbrille auf und streifte mir die Pumps von den Füßen. Ich öffnete den Kofferraum und holte ein paar Flip-Flops aus einer Tasche, die ich immer für den Fall der Fälle dabeihatte.

„Entschuldigung, können Sie uns vielleicht sagen, wo die Surfschule ist?“, sprach mich eine Frau mit sportlicher Gestalt an, die ihr Haar mit einem Tuch hochgebunden hatte. Neben ihr stand ein durchtrainierter Typ mit bunten Shorts und freiem Oberkörper.

„Da wollte ich auch hin. Kommen Sie doch einfach mit“, bot ich den beiden an.

„Super, gerne!“, antwortete die Frau. Auf dem Weg zur Surfschule erzählte mir das Pärchen, dass es erst am Vortag in St. Peter angekommen war und zwei Wochen bleiben wollte. „Wir sind absolute Sportfreaks und wollten immer schon einen Surfkurs in St. Peter-Ording machen“, erklärte die Frau.

„Ja, St. Peter ist quasi ein Surfer-Mekka", erklärte ich und deutete auf eine größere Anzahl bunter Segel, die auf den Wellen zu tanzen schienen.

Nach einer Weile Fußmarsch erhob sich auf der Sandbank die Station der Surfschule, ein rotes zweigeschossiges Holzhaus, das wegen der Wetterverhältnisse in jedem Herbst ab- und im Frühjahr wieder aufgebaut werden musste. Vor der Surfstation hatten sich zwei Gruppen in Neoprenanzügen aufgestellt. Die einen waren damit beschäftigt, Surfbretter mit Segeln in die Brandung zu schleppen, und die anderen machten Übungen an Land, wobei sie mehr oder weniger erfolgreich versuchten, sich auf einem Surfboard auf den Beinen zu halten, während der böige Wind ins Segel blies. Einige Surfschüler verloren das Gleichgewicht und fielen in den Sand.

„Aufstehen und weitermachen!", rief ein braungebrannter Typ mit längeren blonden Haaren und perfektem Körper den Teilnehmern zu. Ich kannte ihn. Es war Bjarne. Ein absoluter Frauenschwarm. Seinem Vater gehörte das Sport-Hotel Vier Jahreszeiten, und er leitete die Surf-Station.

Wir gingen auf ihn zu. „Moin! Ich bringe dir zwei neue Surfschüler mit“, sagte ich zu ihm, als wir bei der Gruppe angekommen waren.

„Ahoi!“, begrüßte er uns. „Am besten geht ihr gleich mal hoch zum großen Holzhaus und meldet euch bei Izzy. Er wird euch dann helfen, den passenden Kurs zu finden.“

„Super! Danke, das machen wir.“ Das Pärchen marschierte die hölzerne Rampe zur Surfschule hinauf.

Bjarne rief seiner Truppe wieder Anweisungen zu und wandte sich danach an mich. „Wir haben uns aber lange nicht mehr gesehen, Jette.“

„Könnte eventuell daran liegen, dass du nicht so oft im Vier Jahreszeiten anzutreffen bist“, spielte ich auf das komplizierte Verhältnis an, das er zu seinem Vater hatte.

Bjarne grinste breit. „Oder liegt es auch vielleicht daran, dass du ein so seltener Gast am Ordinger Strand bist?“

„Ja, vielleicht“, lachte ich.

„Was führt dich denn zu mir? Willst du etwa auch einen Surfkurs belegen?“

„Nein, nein. Das habe ich schon vor 20 Jahren hinter

mich gebracht." Ich schaute mich suchend um. „Eigentlich bin ich mit Marten verabredet. Er sagte, ihr kennt euch, und er wäre hier. Aber ich kann ihn nirgends entdecken."

„Ah, ihr kennt euch auch", sagte Bjarne überrascht. „Die Welt ist ein Dorf. Marten ist übrigens auch bei Izzy. In der Café-Bar. Du hättest mit den beiden mitgehen können."

Ich bedankte mich und erklomm ebenfalls die Holzrampe, die auf die Veranda führte, auf der sich das Café befand. Ich musste nicht lange suchen. Marten saß auf einer Holzbank. Er trug einen Neoprenanzug, den er bis zur Taille heruntergezogen hatte, sodass sein Oberkörper frei war. Ich schluckte, denn ich hatte ihn noch nie zuvor „oben ohne" gesehen. Er hatte durchtrainierte Arme, eine gut definierte Brustmuskulatur, und obwohl er saß, konnte ich bei ihm ein Sixpack erkennen. Mir verschlug es fast die Sprache. Er winkte mir zur Begrüßung zu. Ich winkte zurück und spürte sofort, wie mir vor Freude ein Adrenalinschub durch den Körper fuhr. Na, prima! Und ich wollte unser Verhältnis wieder auf eine geschäftliche Ebene bringen. Wie sollte das gehen? Ich bemühte mich, ihn nicht anzustarren und schaute deswegen pro forma auf mein Handy, um mich zu sammeln.

„Hey, Jette!“ Er stand auf und drückte mir zur Begrüßung einen Kuss auf die Lippen.

„Hey“, sagte ich überrumpelt, freute mich aber auch ein kleines bisschen. Wir setzten uns auf die Holzbank.

„Ich hoffe, es war okay, dass wir uns hier treffen?“, wollte Marten wissen.

„Ja, klar. Es ist ja egal, wo wir über die Songauswahl für Gabis Hochzeit sprechen“, sagte ich betont geschäftlich und schaute ihm dabei nicht in die Augen. Stattdessen schaute ich zum Strand, damit er nicht mitbekam, wie sehr mich sein Kuss aus dem Konzept gebracht hatte.

„Also, hat Gabi dir schon gesagt, welche speziellen Wünsche sie hat?“

„Oh, ja. Natürlich.“ Ich kramte aus meiner Tasche eine Liste mit Songtiteln raus und überreichte sie Marten.

Er überflog die Titel und hob dann anerkennend die Augenbrauen. „Nicht schlecht. Alles Folk-Songs. Eine Frau mit Geschmack.“

„Kennst du die Titel denn? Ich meine, kannst du sie auch spielen?“

„Natürlich!“, erwiderte er halb entrüstet, halb belustigt. „Das sind doch Klassiker, die jeder richtige Musiker, der etwas auf sich hält, spielen kann.“

„Okay, super. Hier noch der grobe zeitliche Ablauf. Dann hätten wir ja schon alles geklärt.“

Marten nahm den zweiten Zettel entgegen und ließ den Blick über das Meer gleiten. „Kannst du eigentlich surfen?“

„Ja“, sagte ich automatisch wahrheitsgemäß und biss mir im nächsten Moment auf die Lippen.

„Das trifft sich gut. Lass uns surfen!“

„Ich weiß nicht“, sagte ich ausweichend und schaute auf mein Handy. „Ich habe noch einen Termin mit einem Hotelmanager.“

„Wann?“

„In ungefähr zwei Stunden.“

„Das schaffen wir locker“, sagte er.

„Ich kann zu dem Termin doch nicht nach dem Surfen gehen“, protestierte ich. Das lief hier mal wieder alles aus dem Ruder. In Martens Gegenwart gab es für mich keine Chance, rein beruflich zu sein. Stattdessen küssten wir uns zur Begrüßung und gingen zusammen surfen. „Mit Salz in den nassen Haaren. Da muss ich ordentlich aussehen.“

„In der Surfschule gibt es eine Dusche.“ Marten ließ nicht locker.

„Ich habe seit Jahren nicht mehr auf einem Surfbrett gestanden“, wandte ich ein.

„Surfen verlernt man nicht.“

„Ich schon.“

„Du willst kneifen.“

„Nein!“

„Doch!“

„Außerdem habe ich nicht die passende Ausrüstung dabei.“

„In dem Surfcontainer sind genügend Neoprenanzüge. Da finden wir auch einen in deiner Größe. Also, was sagst du?“, fragte er und sah mich erwartungsvoll an.

Ich schüttelte den Kopf. „Na gut. Du gibst ja sonst eh keine Ruhe“, ergab ich mich schließlich. Er strahlte mich an, und ich musste unwillkürlich grinsen.

Wenig später steckte ich in einem engen Neoprenanzug und stand auf einem Surfbrett, mit dem ich langsam über die Wellen in Strandnähe glitt.

„Na, siehst du! Klappt doch super!“, rief mir Marten zu, der ein paar Meter von mir entfernt auf einem Surfbrett über das Wasser fuhr.

Es dauerte nicht lange, und ich bekam tatsächlich wieder das Gefühl für das Meer, den Wind und das Brett, auf dem ich stand. Es waren tatsächlich einige Jahre ins Land gegangen, seitdem ich das letzte Mal auf einem Brett stand, und ich merkte, dass ich es vermisst hatte. Ich war froh, dass Marten mich zu diesem spontanen Surf-Trip überredet hatte, der viel zu schnell wieder zu Ende war.

„Schade, dass du noch einen Termin hast“, rief Marten mir zu, als wir die Bretter durch die Brandung an den Strand schleppten.

„Ja! Ich wäre gerne noch länger draußen geblieben. Das müssen wir unbedingt wiederholen“, stimmte ich ihm zu.

„Ich nehme dich beim Wort. Damit du mir nicht wieder abhanden kommst.“

Ich drehte mich erstaunt zu ihm um. Marten ließ sein Brett und das Segel in das knöcheltiefe Wasser fallen. Er hielt seine Hände unter Wasser.

Ich wandte mich wieder dem Strand zu. „Allerdings bin ich eine vielbeschäftigte Frau", sagte ich in betont wichtigem Tonfall und musste schmunzeln.

„Aha", hörte ich ihn hinter mir und spürte wie etwas Hartes gegen meinen Po klatschte.

„Aua!", rief ich überrascht aus, drehte mich um und blickte in Martens lachendes Gesicht. Er hatte einen Schlickklumpen nach meinem Allerwertesten geworfen und freute sich diebisch darüber, dass er den auch getroffen hatte. Ich ließ ebenfalls Board und Segel ins Meerwasser fallen. „Na, warte!", rief ich und revanchierte mich mit einem Klumpen, der ihn am Oberarm traf. Ehe ich es mich versah, wurde ich am Oberschenkel getroffen. Daraus entwickelte sich eine übermütige Schlammschlacht. Sowas hatte ich das letzte Mal als Teenager gemacht. Doch das war mir in dem Moment egal. Ich fühlte mich so herrlich unbeschwert, dass es mich nicht störte, was die anderen Leute über uns dachten, die das Schauspiel im Vorbeigehen amüsiert betrachteten. Am Ende waren mein Gesicht und meine Haare mit Schlick verschmiert, und ich war froh, dass es in der Surfschule eine Dusche gab. Als die warmen Wasserstrahlen aus dem Duschkopf auf meinen Kopf trafen, hob ich mein Gesicht und genoss den massageähnlichen Druck, der die angetrockneten Schlammspritzer auf meiner Haut löste. Dabei konnte ich nicht aufhören zu lächeln.

Pünktlich am Tag von Klaas' Hochzeit hatte der Nieselregen wieder eingesetzt. Meine Nerven waren angespannt. Nicht wegen der Tatsache, dass mein Ex nun tatsächlich in den Hafen der Ehe einlaufen würde, sondern weil ich hoffte, dass alles reibungslos ablaufen würde.

Die Hochzeit in der St. Ulrich Kirche war für elf Uhr am Morgen festgesetzt. Gabi und ich waren bereits eine Stunde vorher vor Ort, um uns im Vorfeld davon zu überzeugen, dass alles den Wünschen der Braut entsprach.

„Es wäre aber wirklich nicht nötig gewesen, dass du extra kommst", sagte ich zu ihr, während ich den Blumenschmuck am Eingang der Kirche überprüfte. „Das hätte ich auch locker alleine durchgestanden."

„Das ist mir schon klar. Deswegen bin ich auch gar nicht gekommen", entgegnete sie. „Um dich mache ich mir gar keine Sorgen."

„Nicht?"

„Nein. Warum denn? Ich wollte lediglich sichergehen, dass Klaas dieses Mal auch wirklich erscheint", sagte sie augenzwinkernd.

„Da bin ich mir ziemlich sicher. So etwas macht man nicht zweimal." Von Weitem erklang das Motorengeräusch eines Autos. Ich blickte über den Platz vor der Kirche und erspähte eine dunkle Limousine, die sich dem Gotteshaus näherte und mir bekannt vorkam. Der wuchtige Wagen stoppte am Straßenrand und aus ihm entstiegen wenig später Petter Grube und Tante Gertrud. Beide komplett in Trauerkleidung. Tante Gertrud trug zur Feier des Tages ihr schwarzes knielanges Kleid und einen Hut mit einem schwarzen Schleier.

„Donnerwetter! Das nenne ich aber mal einen filmreifen Auftritt. Die schwarze Witwe und der Anwalt des Todes. Fehlt nur noch die passende Musik als Untermalung. Ich hätte meine Mundharmonika einpacken sollen. *Spiel mir das Lied vom Tod* wäre jetzt der Hit“, kommentierte Gabi amüsiert das illustre Schauspiel, das sich uns bot.

„Was wollen die denn hier?“ Ich konnte mir auf das Erscheinen meiner Tante und Petter Grube keinen Reim machen. „Hier findet heute doch keine Beerdigung statt, sondern eine Hochzeit. Und dann auch noch die von Klaas. Den konnte meine Tante doch noch nie leiden.“

„Wer weiß, was am Ende dabei herauskommt.“

Ich verdrehte die Augen. „Sag so etwas nicht, Gabi. Du weißt, dass alles möglich ist, wenn Tante Gertrud anwesend ist.“

„Na ja, sieh es mal so, sollte jemand spontan bei der Hochzeit ableben, dann steht der Bestattungswagen gleich vor der Tür. Kann auch durchaus praktisch sein.“

Tante Gertrud und Petter Grube gingen den Weg zum Eingang der Kirche entlang. „Moin! Sind wir etwa zu spät?“, wollte Tante Gertrud wissen. „Ist die Feier schon vorbei?“

„Falls ihr zu einer Beerdigung wolltet, dann seid ihr

völlig falsch. Hier wird gleich geheiratet." Ich wusste nicht, ob ich lachen oder weinen sollte.

„Nee. Auf einer Beerdigung waren wir gerade eben erst", bemerkte Petter Grube.

„Ach, wer ist denn gestorben?", erkundigte sich Gabi bei dem Bestatter.

„Oma Brodersen. Sie wurde vor wenigen Minuten beigesetzt", antwortete Tante Gertrud an seiner Stelle und bekreuzigte sich. „Erst vor Kurzem ist ihr Mann gestorben – Henrijette, du erinnerst dich vielleicht –, und nun ist sie ihm gefolgt."

„Ja, ja, so schnell kann es gehen. Gott hab sie selig", sagte Gabi.

Doch Tante Gertrud schüttelte nur verständnislos den Kopf. „Das würde mir im Traum nicht einfallen, einem Mann in den Tod zu folgen."

„Die Leute sind eben verschieden", versuchte ich das Thema zu wechseln. „Aber wieso seid ihr hier?"

„Deswegen sind wir hier." Tante Gertrud deutete mit wohlwollendem Gesichtsausdruck den Kirchweg entlang, auf dem sich Marten mit seinem Gitarrenkoffer dem Eingang des Gotteshauses näherte.

Ich hätte ihn fast nicht wiedererkannt, denn er hatte sich richtig schick gemacht. Er trug einen dunklen Anzug mit Krawatte und dazu passende dunkle Lederschuhe. Er sah umwerfend aus, und ich konnte mal wieder nicht weggucken. Marten sollte beim Einzug der Braut den Beatles-Klassiker *All you need is love* singen. Dafür war er natürlich prädestiniert. Zumal er an diesem Wochenende nicht bei seiner Tochter Tilda in Berlin war.

„Wir haben gehört, dass der nette Herr Smid hier heute spielen wird, und das wollten wir uns nicht entgehen lassen. Wo er uns doch damals mit dem Auto eine so große Hilfe gewesen ist“, erklärte Tante Gertrud.

„Bin ich etwa zu spät?“, fragte nun auch Marten, als er bei uns vor der Kirche angekommen war.

„Nein. Die Kirchentür ist noch zu“, antwortete ich. „Pastor Herpel ist noch nicht da.“

„Da kommt der Pastor schon“, meinte Tante Gertrud, die den Kirchenweg fest im Blick hatte.

Nachdem Pastor Herpel die Eingangstür der Kirche aufgeschlossen hatte, sicherten sich Tante Gertrud und Petter Grube Sitzplätze in der letzten Bank. Kurze Zeit später trudelten die ersten Hochzeitsgäste ein – unter anderem auch meine Eltern, die sich zu Tante Gertrud und Petter Grube gesellten, aber nicht wegen Marten gekommen waren, sondern aus dem gleichen Grund wie Gabi, um mit eigenen Ohren zu hören, wie Klaas ja zu seiner Braut sagte. Besonders mein Vater hatte ihm bis heute nicht verziehen, dass er mir damals das Herz gebrochen hatte.

Als der Bräutigam mit meinen ehemaligen Schwiegereltern in spe eintraf, unterhielten sie sich kurz mit meinen Eltern, dann setzten sie sich in die erste Reihe. Verabredet war, dass Klaas und die Hochzeitsgesellschaft in der Kirche auf die Braut warten sollten, die wiederum in einem Oldtimer zur Kirche gebracht wurde und dann von ihrem Vater zum Altar geführt werden sollte.

Als gegen elf Uhr plangemäß der Brautwagen vorfuhr, waren die Plätze in der Kirche voll besetzt. Das Orgelspiel setzte ein, um die feierliche Zeremonie musikalisch einzuläuten. Gabi und ich warteten nach wie vor am Kircheneingang und schauten erwartungsvoll zu dem Oldtimer mit dem wunderschönen cremefarbenen Blumenschmuck auf der Motorhaube.

Gabi lehnte sich zu mir rüber. „Hast du ihr Brautkleid eigentlich gesehen?"

„Nein. Ich weiß nur, dass sie es sich extra hat anfertigen lassen. Sie hat ein Riesengeheimnis darum gemacht."

„Na, da bin ich aber gespannt", murmelte Gabi.

Wir reckten neugierig die Hälse. Der Brautvater stieg aus dem Auto – allerdings ohne Braut.

Er wischte sich das gerötete Gesicht mit einem Stofftaschentuch ab und machte auf mich den Eindruck, als würde er gleich aus den Latschen kippen. „Können Sie bitte Klaas einmal nach draußen holen?", forderte er uns zerknirscht auf.

Gabi nickte und setzte sich sogleich in Bewegung. Wenig später kam sie mit Klaas zurück.

Er blickte irritiert auf seinen baldigen Schwiegervater. „Georg? Was ist los?" Klaas schaute an ihm vorbei. „Wo ist Anna-Lena?" Herrn Kaiser war die Situation sichtlich unangenehm. „Klaas, es tut mir leid. Anna-Lena kommt nicht."

„Wie? Sie kommt nicht?"

„Ich weiß gar nicht, wie ich es dir beibringen soll. Ich bin ganz durcheinander."

„Ist sie etwa krank?“, fragte Klaas.

„Nein. Wenn es das nur wäre … “ Herr Kaiser fuhr sich abermals mit dem Taschentuch über das Gesicht. „Anna-Lena hat kalte Füße bekommen. Sie glaubt, dass sie dich nicht genug liebt, um dich zu heiraten“, ließ er die Bombe platzen.

„Wie bitte?“, fragte Klaas wie vom Donner gerührt.

„Ja, ich kann es auch nicht glauben und habe wirklich keine Worte dafür. Ich habe alles versucht, sie umzustimmen und zur Fahrt zur Kirche zu bewegen. Aber du kennst sie ja … hat sie sich was in den Kopf gesetzt, hilft nichts mehr.“

Gabi und ich schauten uns sprachlos an.

„Das ist ja unglaublich!“, entfuhr es meiner Freundin.

„Oh!“ Ich konnte die Ironie des Schicksals kaum fassen. Anscheinend gab es doch so etwas wie Karma. Ich empfand Mitleid mit meinem Exverlobten, so wie er dastand mit hängenden Schultern und ziemlich verloren wirkte. Zugleich stellte sich aber auch eine Erleichterung bei mir darüber ein, dass ich ihm mittlerweile die geplatzte Hochzeit von damals verziehen hatte. Ich hatte mit der Sache endgültig abgeschlossen.

„Ich gehe rein und sage Bescheid. Hilft ja alles nichts“, sagte Herr Kaiser zu Klaas und klopfte ihm auf die Schulter. „Bleib du nur hier, mein Junge. Ich regle das schon.“

„Das tut mir wirklich leid, Klaas“, wandte ich mich an meinen Exverlobten und meinte jedes Wort ehrlich.

„Tja, so etwas nennt man wohl ausgleichende Gerechtigkeit“, entgegnete er und lachte nervös auf.

„Ich habe dir ein Happy End gewünscht“, entgegnete ich.

„Das weiß ich.“ Er schaute auf die Spitzen seiner schwarzen Lederschuhe, die glänzend poliert waren. „Ich bin auch selber schuld. Ich hätte damals nicht so feige sein sollen. Hätte ich dich geheiratet, wäre mir so einiges erspart geblieben. Aber hinterher ist man ja immer schlauer. Nicht wahr?“

„Na, nun ist es so, und es wird schon zu irgendwas gut gewesen sein“, versuchte ich es diplomatisch.

„Ich gehe besser. Bevor die Gäste kommen und mir ihr Beileid aussprechen. Wie auf einer Beerdigung.“ Klaas machte kehrt und ging zu seinem Auto.

„Donnerlüttchen!“ Gabi schaute ihm hinterher. „Die Reue kommt spät, aber sie kommt.“

Die ersten Gäste gingen tuschelnd an uns vorbei.

„Das hat er nicht anders verdient", sagte mein Vater leise zu mir, als er sich mit meiner Mutter, Tante Gertrud und Petter Grube zu uns stellte.

„Ich mochte den Dierksen zwar nie leiden, aber wenigstens heute hätte er mal heiraten können. So kommen wir gar nicht in den Genuss des Auftritts von diesem netten jungen Mann. Henrijette, du musst mir unbedingt Bescheid geben, sobald Marten Smid einen öffentlichen Auftritt hat, ja? Hätte ich das gewusst, hätten wir auch gleich zum Leichenschmaus von Oma Brodersen gehen können. Komm, Petter, vielleicht schaffen wir es noch rechtzeitig."

Wir schauten Tante Gertrud und Petter Grube nach, die bald darauf mit dem Bestattungswagen Richtung Ortsteil Bad verschwanden.

10. Kapitel

Nach diesem Hochzeitsfiasko von Klaas gönnte ich mir einen ruhigen Sonntag. Ich wollte an die frische Luft, und da Gabis Hochzeit bald anstand, beschloss ich, mir den Strandabschnitt in Böhl schon mal näher anzusehen, an dem Gabi ihrem Jon das Ja-Wort geben wollte. Ich startete meinen Spaziergang in Ording. Ich wollte mir endlich mal wieder Zeit nehmen, mich an dieser schönen Landschaft zu erfreuen, und so kam mir ein kilometerlanger Strandspaziergang gerade recht.

Der Himmel war zwar bedeckt, aber es regnete nicht. Von der Nordsee wehte ein böiger Wind aufs Festland, sodass die meisten Strandkörbe mit der offenen Seite dem Festland zugewandt waren. Andersherum wäre es für die Leute ungemütlich geworden, die in den Körben ein Buch lasen, Kreuzworträtsel lösten, den Kindern beim Burgenbauen zusahen oder einfach etwas ausruhten. Der Wind wirbelte Sand auf und trug ihn hoch durch die Luft. Ich lief zur Waterkant, zog meine leichten Sommerschuhe aus und krempelte die Hose hoch. Die Brandung umspülte meine Füße und kühlte sie angenehm. Mit den Schuhen in einer Hand und dem Blick auf das endlose Meer blieb ich eine Weile so stehen und beschränkte mich darauf, einfach mal nur den Moment zu genießen und mir keine Gedanken über irgendetwas zu machen. Mein Handy hatte ich im Auto liegen lassen. Eigentlich konnte ich mir in der Hochzeitssaison einen solchen Luxus nicht leisten. Doch ich hatte das Gefühl, dass ich dringend etwas für mich tun musste und es wichtig war, mal wieder tief durchatmen zu können. Einen Moment musste die Welt ohne mich auskommen.

Ich lief in südliche Richtung am Wasser entlang, später über die Seebrücke, danach über den Deich. Immer weiter südwärts, bis ich direkt hinter dem Deich den Strandabschnitt erreicht hatte, von dem Gabi gesprochen hatte. Ich setzte meine Sonnenbrille auf und lief über einen Holzsteg, der mich fast bis zum Wasser führte, und schaute mich um. Schön ruhig war es hier, fernab von allem Trubel. Ich konnte mir gut vorstellen, dass dies der ideale Platz für ein Ja-Wort war. Die Sonne stand schon tiefer. Ich hatte keine Uhr dabei, schätzte aber, dass es bereits nach sechs war. Ich zog meine Schuhe wieder an und schlenderte zurück zum Deich. Am Böhler Leuchtturm ließ ich mich dankbar auf eine der Bänke fallen. Erst jetzt spürte ich meine Füße, die an lange Märsche nicht gewöhnt waren. Ich beobachtete die Leute, die mit ihren Rädern an mir vorbeifuhren, unterhielt mich mit einem älteren Ehepaar, das ebenfalls eine Weile auf den Bänken pausierte und mir von ihrer Kur in St. Peter erzählte. Ich genoss den ruhigen Nachmittag in vollen Zügen, und nachdem sich das Ehepaar von mir verabschiedet hatte, um rechtzeitig zum Abendessen im Hotel zu sein, schloss ich hinter meiner Sonnenbrille die Augen und dämmerte für einen Moment weg.

„Das scheint ja unser geheimer Treffpunkt zu sein", weckte mich eine durchaus vertraute Stimme aus dem Halbschlaf.

Ich fuhr hoch und blinzelte gegen die untergehende Sonne an. Ich war etwas verwirrt und brauchte einen

Moment, um zu realisieren, dass Klaas neben mir saß. „Klaas!“, stellte ich erstaunt fest.

„Live und in Farbe“, bestätigte er mir und lächelte dann verlegen, wobei er auf seine Hände blickte.

„Was machst du denn hier? Ich dachte, du bist schon längst wieder weg?“, fragte ich überrascht und setzte mich gerade hin.

„Nein. Ich bin noch hier. Wohin sollte ich auch gehen? Zurück nach Münster? In das Hotel von Anna-Lenas Familie?“ Er fuhr sich mit der Hand durch die Haare.

„Keine Ahnung.“ Ich zuckte bloß mit den Schultern. „Ich dachte nur …“

„Du dachtest wahrscheinlich, dass ich wieder Reißaus nehme, nachdem es auch mit Hochzeit Nummer zwei nicht geklappt hat?“ Er lächelte mich an.

„Na ja … irgendwie schon“, gab ich zu.

„Nein. Das mache ich nicht mehr. Die Zeiten sind vorbei. Ich bleibe hier und werde mir ein neues Leben aufbauen. Ich laufe nicht mehr davon.“

„Hört sich nach einem Plan an.“

„Ich komme aus der Tourismusbranche, und St. Peter

lebt vom Tourismus. Warum sollte ich nicht bleiben? Immerhin ist es meine Heimat, und meine Familie und Freunde leben hier."

„Klingt logisch", fand ich. „Hast du denn jobtechnisch schon was in Aussicht?"

„Ich habe mir ein paar Gedanken gemacht, aber es gibt noch nichts Konkretes."

„Ich drücke dir auf jeden Fall die Daumen, dass du was Gutes findest!", versuchte ich ihn zu ermutigen.

„Danke." Klaas schmunzelte, als Nächstes schaute er mich ernst an und streckte mir seine Hand entgegen. „Freunde?"

Ich zögerte einen Moment, weil ich mit dieser Geste nicht gerechnet hatte. Dann ergriff ich seine Hand. „Freunde."

Klaas und ich waren noch länger auf der Bank am Böhler Leuchtturm sitzen geblieben. Wir hatten uns über Gott und die Welt unterhalten, uns gegenseitig erzählt, was alles nach unserer missglückten Hochzeit in unserem Leben passiert war, und auch darüber gesprochen, wie es überhaupt dazu kommen konnte, dass Klaas mich einfach hatte sitzen lassen. Es fiel ihm zuerst nicht leicht, darüber zu reden. Doch dann gestand er mir, dass es nicht an seinen Gefühlen zu mir gelegen hatte, sondern er eine regelrechte Panik entwickelt hatte, dass er mir als Ehemann nicht genügen könnte und ich mich nach kurzer Zeit wieder von ihm scheiden lassen würde. „Mich haben diese Gedanken nicht mehr losgelassen, ich konnte das einfach nicht ignorieren. Am Tag unserer Hochzeit war es so schlimm, dass ich die Flucht ergriffen habe. Ich bin im wahrsten Sinne des Wortes vor diesen Komplexen davongelaufen und auch vor der Schmach, die unweigerlich folgte."

Ein bisschen kränkte mich seine Aussage. „Warum hast du nicht mit mir darüber geredet? Das verstehe ich nicht. Es wäre die einfachste Sache der Welt gewesen. Oder mit Ocke? Als ob ich dich zum Heiraten gezwungen hätte. Hättest du mir das damals so erzählt, ich hätte die Hochzeit sofort abgeblasen, und es wäre alles so geblieben, wie es war."

„Ich habe mit niemanden darüber geredet. Nicht nur mit dir nicht. Ich konnte es einfach nicht. Ich wusste, dass meine Gedanken und die sich daraus ergebenen

Probleme völlig unlogisch und unbegründet waren. Wie hätte ich es auch erklären können, wenn es noch nicht einmal für mich selbst nachvollziehbar gewesen ist. Genau deswegen habe ich nichts gesagt und versucht, es mit mir auszumachen."

Ich verzog den Mund. „Super Strategie."

Klaas kratzte sich am Kopf. „Hinterher ist man immer schlauer."

„Und was ist jetzt mit der Angst?", wollte ich wissen. „Immerhin bist du bei deiner letzten Hochzeit ja erschienen."

„Ich habe die Angst überwunden", sagte Klaas etwas kryptisch, doch er führte seine Antwort nicht weiter aus.

„Na, das ist doch gut." Ich fröstelte, weil die Sonne mittlerweile schon sehr tief am Horizont stand.

„Ist dir kalt?", fragte er mich.

„Etwas."

„Bist du zu Fuß?", wollte er wissen.

„Ja. Mein Wagen steht in Ording."

„Komm, ich nehme dich mit. Liegt auf meinem Heimweg."

Klaas fuhr mich mit seinem Golf zu dem Strandparkplatz in Ording, auf dem ich meinen Wagen zuvor abgestellt hatte. Wir verabschiedeten uns. „Danke für deine Ehrlichkeit. Das weiß ich wirklich zu schätzen. So kann ich endlich verstehen, was damals in dir vorgegangen ist."

Wir umarmten uns, und es fühlte sich für mich okay an. Wie Freunde eben.

Am Abend stellte ich mein Handy bewusst nicht wieder an, um den Tag in Ruhe mit einer Tasse Tee und ein paar Keksen in meinem Lieblingssessel ausklingen zu lassen. Ich wollte ungestört meinen Gedanken nachhängen und mir noch einmal die Dinge durch den Kopf gehen lassen, die Klaas mir erzählt hatte.

Als ich am nächsten Morgen mein Handy einschaltete, poppten etliche Nachrichten und verpasste Anrufe auf. Damit hatte ich zwar gerechnet, doch mein schlechtes Gewissen meldete sich sogleich, weil ich mal nicht erreichbar gewesen war und obendrein noch verschlafen hatte. Ich schaute die Anruferliste durch und beschloss, die Leute der Reihe nach zurückzurufen, sobald ich in der Agentur angekommen war.

Vor dem Eingang meines Büro erwartete mich eine Überraschung: Marten und Gabi standen vor dem Gebäude. Ich spürte, dass mein Herzschlag sich beschleunigte, und ärgerte mich ein wenig, weil ich so unprofessionell war, wenn ich Marten sah. Mein Körper reagierte automatisch auf ihn, und dies ließ sich auch durch reine Willenskraft nicht ändern. Er hockte auf den Steinstufen vor der Agentur, trug wie immer lässige Klamotten, und auf seinem Kopf saß eine apfelgrüne Baseballkappe. Seit der Schlammschlacht am Strand hatten wir uns nicht wiedergesehen. Was allerdings nicht an Marten lag, sondern an mir. Er hatte zwischenzeitlich nach unserem Frühstücksdate gefragt, doch ich hatte ihn vertröstet. Gabi lehnte an der Mauer und tippte auf ihrem Handy herum. Als sie mich sah, kam sie auf mich zu. „Ich habe dich gestern gar nicht mehr erreicht“, empfing sie mich. „Fünf Mal habe ich es probiert. War dein Akku leer?“

„Sorry, ich hatte mein Handy ausgestellt. Musste mal ein bisschen zur Ruhe kommen“, erklärte ich. „Warum bist du hier?“

„Ich wollte mit dir eigentlich die Songliste für die Hochzeit noch mal durchgehen, weil wir nun doch kleine Änderungswünsche haben, und da habe ich gestern gleich Marten angerufen und gefragt, ob er auch kommen kann, nachdem ich dich nicht erreicht hatte. So können wir das in einem Rutsch klären."

„Ja, gute Idee." Ich war bei Marten angekommen.

„Moin, Jette", grüßte Marten, stand von den Stufen auf, nahm mich in den Arm und küsste mich auf die Stirn.

„Moin", erwiderte ich etwas steif, löste mich aus der Umarmung und schloss die Tür zum Büro auf. Ich war froh, dass er mich vor Gabi nicht auf den Mund geküsst hatte. Zeitgleich meldete sich bei mir automatisch das schlechte Gewissen, weil ich Marten stets auswich, wenn es um das Frühstück ging.

Gabi und Marten folgten mir und machten es sich sogleich an dem Besprechungstisch bequem.

Ich stellte meine Tasche auf die Tischplatte. „Kaffee oder Tee?", fragte ich.

„Tee", sagte Gabi.

„Kaffee", antwortete Marten.

„Also beides", schlussfolgerte ich messerscharf und machte mich auf den Weg in die Küche.

Nachdem die finale Songliste für Gabis und Jons Hochzeit stand, verabschiedete sich meine Freundin wieder, weil sie noch ein Gespräch mit Pastor Herpel und ihrem Zukünftigen hatte. Marten blieb jedoch an dem Tisch sitzen und machte keine Anstalten zu gehen. Er sah mich erwartungsvoll an.

„Müssen wir noch was besprechen?“, fragte ich etwas förmlich. „Habe ich etwas vergessen?“

„Ja, hast du.“

„Ja?“ Ich blätterte in meinem Terminkalender, um nachzusehen, ob Marten und ich noch geschäftliche Dinge zu besprechen hatten, konnte aber nichts finden. „Also, hier steht nix.“

Marten erhob sich, kam zu mir rüber. Er schnappte sich einen Kugelschreiber und schrieb in meinen Terminkalender: Frühstück mit Marten. „Das hattest du vergessen einzutragen.“

„Wie? Jetzt?“

„Richtig. Jetzt. Es ist gerade mal halb zehn, die perfekte Zeit zum Frühstücken.“

„Um die Uhrzeit will ganz St. Peter-Ording frühstücken. Da sind alle Cafés belegt, und wir bekommen eh keinen Platz“, versuchte ich mich aus der Affäre zu ziehen.

„Wer spricht denn hier von Cafés? Ich habe alles, was wir für ein Frühstück in den Dünen brauchen, im Kofferraum.“

Ich musste lachen. „Du bist ja verrückt.“

„Das kann schon sein“, gab er zu und grinste mich an. „Was ist nun mit dir? Hast du Hunger? Ich bin startklar. Du musst nur Ja sagen.“

„Also gut, ich ergebe mich. Du gibst ja sonst eh keine Ruhe.“

Wir fuhren in Martens Twingo zum Ordinger Strand und wanderten durch eine mit Strandhafer bewachsene Dünenlandschaft.

„Sollen wir es uns hier gemütlich machen?“, fragte Marten, als wir an einer Stelle zwischen zwei Sandbergen angekommen waren, von der aus wir einen schönen Blick auf das Meer hatten.

„Ja. Die Stelle ist perfekt“, stimmte ich zu.

Marten stellte den großen geflochtenen Korb ab und breitete eine Decke auf dem Sand aus. Dann zauberte er eine Thermoskanne mit Kaffee, Orangensaft, frische Brötchen, Marmelade, Margarine, Aufschnitt und Schokostreusel aus dem Korb hervor. Sogar zwei gekochte Eier und eine Flasche Sekt beförderte er zutage. Er hatte wirklich an alles gedacht.

„Wow! Das ist ja viel besser als ein Frühstück im Café“, sagte ich beeindruckt.

„Absolut! Ein Frühstück am Strand ist einfach unschlagbar.“ Marten strahlte mich an, und ich merkte, wie es mir dabei warm ums Herz wurde. „Brötchen?“ Er hielt mir die Tüte mit den Schrippen hin.

Obwohl ich an der Küste lebte, hatte mich noch nie ein Mann mit einem Strandfrühstück überrascht. Marten war schon etwas Besonderes. Immer wieder überraschte er mich. Ich musste unwillkürlich an Klaas denken, der kurz vor unserer Hochzeit Panik bekommen und aus Angst, dass unsere Beziehung schiefgehen könnte, die Reißleine gezogen hatte. Vielleicht waren wir uns da sogar ein bisschen ähnlich, denn eigentlich verhielt ich mich gerade genauso. Ich ging einer Beziehung mit ihm aus dem Weg, weil ich Angst davor hatte, dass wir scheitern könnten. Doch was wäre, wenn genau das Gegenteil der Fall war? Um das herauszufinden, müsste ich den Mut aufbringen und ihm eine Chance geben, sonst würde ich es nie erfahren. Ich biss von meinem Brötchen ab und schloss die Augen. „Hm! Ist das lecker!“

„Das sieht man“, lachte er und rückte näher an mich heran.

Er war nur noch wenige Zentimeter von mir entfernt, und mein Herz schlug vor Aufregung so stark, dass ich mir sicher war, Marten könnte es hören.

Vielleicht tat er das sogar. Jedenfalls kam er immer näher. Ich war mir zwar alles andere als sicher mit ihm, aber ich beschloss, einfach mal loszulassen und den Moment zu genießen. Marten küsste mich ganz sanft, ich ließ mich nach hinten in die Düne sinken. Ich wünschte mir, dass dieser Augenblick ewig anhalten würde, doch dann hörte ich den Klingelton eines Handys.

„Oh, warte kurz!“ Marten löste sich von mir und griff in den geflochtenen Korb, aus dem das Geräusch kam.

„Kein Problem.“ Ich setzte mich auf, strich mir meine Haare aus dem Gesicht und konnte nicht aufhören zu grinsen.

„Hey, Süße!“, begrüßte er mit zärtlicher Stimme den offenkundig weiblichen Anrufer. „Alles klar, Tilda-Schatz?“

Seine Tochter. Und schon war der magische Moment vorbei und ich wieder in der Realität angekommen.

11. Kapitel

Der Tag, an dem Gabis und Jons Hochzeit stattfinden sollte, begann vielversprechend. Die Sonne schien von einem strahlend blauen Himmel, und die Temperaturen lagen bei angenehmen 23 Grad. Besser hätte man es beim Wettergott nicht bestellen können.

Gabi saß in einem bequemen Sessel beim Friseur. Ihr Kopf lag im Waschbecken. Eine blondgesträhnte Friseurin schäumte Gabis Haare großzügig ein und verpasste ihr daraufhin eine Kopfmassage. Gabi schloss die Augen.

Ich hockte auf einem Stuhl neben ihr und schaute in einen großen Spiegel. Auch meine Haare wurden bearbeitet, um zu einer festlichen Frisur hochgesteckt zu werden.

„Ich soll dir übrigens noch mal Danke schön für die Einladung von Tante Gertrud und Petter Grube sagen“, wandte ich mich von meinem Spiegelbild ab und Gabi zu.

Gabi musste lachen. „Das hast du doch schon mindestens zehnmal getan. Wollen wir mal hoffen, dass deine Tante und ihr Bestatter überhaupt die ganze Zeit anwesend sein können, ohne dass irgendwelche Todesfälle dazwischenkommen. Arbeitet deine Tante eigentlich jetzt in dem Bestattungsunternehmen mit?"

Ich zuckte die Schultern. „Keine Ahnung. Anscheinend schon irgendwie. Jedenfalls treffe sich sie nur noch in Begleitung von Petter Grube. Seine Assistentin ist sie mindestens."

Nachdem die Friseurinnen mit Gabis und meinen Haaren fertig waren, verpassten sie uns noch ein schönes Sommer-Make-up.

Vom Friseur aus fuhren wir wieder zurück zu Gabis Haus, wo wir uns in unsere Hochzeitsrobe warfen. Jon würden wir zur Zeremonie am Böhler Strand treffen. Gabi und er hatten trotz der bevorstehenden Hochzeit immer noch getrennte Wohnungen und wollten das auch erst einmal so beibehalten. Sein Haus lag in Ording und Gabis Reihenhaus im Dorf. Sie hatte sich ein mintfarbenes Etuikleid, das ihr bis zu den Knien reichte, mit passenden pastellfarbenen Schuhen und einer leichten hellen

Strickjacke für ihre Hochzeit ausgesucht. Dazu hatte sie sich einen kleinen Strauß mit cremefarbenen Blumen und passende Blüten zum Anstecken binden lassen.

„Sehr hübsch siehst du aus", sagte ich bewundernd zu ihr. Gabi war eine Naturschönheit, die mit steigendem Alter immer attraktiver wurde. „Das Kleid ist wie für dich gemacht."

Wenig später saßen wir in Gabis Wagen. Sie hatte darauf bestanden, selbst zu ihrer Hochzeit mit Jon zu fahren und auf eine Kutsche oder eine gemietete Luxus-Karosse zu verzichten. „Ist ja nicht meine erste Hochzeit, da braucht man nicht mehr so viel Tamtam", hatte sie gemeint.

Gabi drückte auf den Startknopf ihres Wagens, aber nichts tat sich. „Nanu?" Sie drückte erneut auf den Knopf, aber der Wagen gab keinen Mucks von sich. „Was ist denn jetzt los?"

„Keine Ahnung. Probiere es noch mal."

Gabi bediente nochmals den Startknopf ihres Autos. „Wieder nichts." Sie schaute mich ratlos an. „Ausgerechnet heute lässt mich die Karre im Stich. Das darf doch nicht wahr sein!"

„Vielleicht ist es ja bloß eine Kleinigkeit. Lass uns doch mal nachsehen, ob wir was entdecken", schlug ich vor.

Wir stiegen aus, öffneten die Motorhaube und beugten uns über den Motor.

„Fällt dir was Ungewöhnliches auf? Ich bin jetzt nicht unbedingt eine Expertin", sagte Gabi und putzte sich an einem Taschentuch ihre Finger ab.

„Nö. Sieht alles ganz normal aus", sagte ich schließlich. „Keine Ahnung, warum dein Wagen nicht anspringt."

„Das wäre wohl jetzt ein klassischer Fall für Marten. Schade, dass er nicht hier ist", meinte Gabi.

Ich schaute auf die Uhr meines Handys. „Der wird wahrscheinlich schon am Strand sein und auf unsere Ankunft warten. Ach, blöd."

Gerade, als wir ein Taxi rufen wollten, sah ich einen großen dunklen Wagen näher kommen, der neben Gabis Auto hielt. Das verspiegelte Fenster der Beifahrerseite wurde heruntergekurbelt. In dem Wagen saß – wie sollte es auch anders sein – niemand Geringeres als Tante Gertrud.

„Moin! Gibt es Schwierigkeiten?“, fragte sie und stieg aus dem Auto, ohne eine Antwort abzuwarten. Tante Gertrud trug heute das Kontrastprogramm zu ihren letzten Auftritten: einen apricotfarbenen Leinenanzug, der keinen Zweifel daran ließ, dass sie heute nicht vorhatte, zu einer Beerdigung zu gehen und in dem sie aussah wie die Chef-Stewardess vom *Traumschiff*.

Statt Taxi nahmen wir jetzt also den Leichenwagen, um noch einigermaßen pünktlich zu Gabis Hochzeit zu kommen. Als wir an einer Straße in der Nähe des Deichs hielten, war ich froh, den Bestattungswagen wieder verlassen zu können.

„Das war wirklich Rettung im passenden Moment. Danke“, sagte Gabi überschwänglich zu Petter Grube.

„Da nicht für“, winkte er bescheiden ab.

„So haben wir uns die Einladung zu der Hochzeit doch noch verdient“, befand Tante Gertrud.

Ich schaute auf mein Handy. „Lasst uns mal zum Strand gehen. Ich habe schon eine Nachricht von Britta bekommen. Sie fragt, ob die Braut sich nicht traut.“

„Und ob die sich traut!“, sagte Gabi und ging entschlossenen Schrittes Richtung Strand.

Wir folgten ihr und hatten Mühe mitzuhalten.

Hinter dem Deich empfing uns Watt und Weite. In der Ferne erspähte ich eine Schar Wattwanderer, die sich von einem Führer durch die Ebbe lotsen ließen und dabei Wattwürmer, Herzmuscheln und Krebse entdeckten. Rechter Hand erhob sich in der Ferne auf dem Deich der alte Böhler Leuchtturm, der mich sogleich wieder an den Abend mit Klaas erinnerte, an dem er mir von seinen Panikattacken erzählt hatte. Ich nahm mir vor, ihn in den nächsten Tagen zu fragen, ob es mit einem Job geklappt hatte. Wir bogen nun links ab und folgten Gabi auf einem Fußgängerweg, der direkt zum Strand führte.

Auf einem hölzernen Podest, auf dem normalerweise Strandkörbe aufgestellt waren, standen links und rechts Stühle, die mit Blumen geschmückt waren. Mittig waren sie durch einen Gang getrennt. Von der erhöhten Position hatte man einen traumhaften Ausblick auf den langen Sandstrand, die in der Ferne liegenden Dünenlandschaften und auf die blau leuchtenden Meereswellen. Tante Gertrud und Petter Grube nahmen in der vorderen Reihe neben Britta und ihrer Tochter Platz. Der Bräutigam begrüßte Gabi mit einem Kuss auf die Stirn und schien froh darüber zu sein, dass sie endlich da war und die Zeremonie nun beginnen konnte. Ich ließ meinen Blick über die Reihen gleiten und entdeckte links außen Marten, der seine Gitarre aus dem Koffer holte und sie sich umschnallte. Als sich unsere Blicke trafen, lächelte er mir zu. Gabi und Jon hatten sich hinter den Stuhlreihen aufgestellt. Als Marten so weit war und die ersten Töne von *Sunshine on my Shoulders* von John Denver anstimmte, schritten Gabi und Jon im bedächtigen Tempo auf den Pastor zu. Als die letzten Töne des Gitarrenspiels verklungen waren, kämpfte ich mit den Tränen. Das war mir bei einer Trauung noch nie passiert und sollte bei einer professionellen Hochzeitsplanerin, die etliche Paare bis zum Ja-Wort begleitet hatte, vermutlich auch kein Thema sein. Doch auch Tante Gertrud tupfte sich mit einem Taschentuch die Augenwinkel ab, und Gabis Augen schimmerten ebenfalls verdächtig.

Pastor Herpel begrüßte nun das Brautpaar und die Hochzeitsgesellschaft. Gabi und Jon reichten sich auf

Aufforderung des Pastors die Hände. Marten untermalte die Zeremonie mit leisen Gitarrenklängen und war dabei ganz in sein Spiel versunken. Mit feierlichen Worten leitete der Pastor nun die Geschichte des Brautpaares ein. Vom Kennenlernen bis zum ersten Kuss ließ er nichts aus. Er erzählte einige Anekdoten und berichtete von dem Antrag, den Jon seiner Gabi ganz unromantisch beim Fischbrötchenessen gemacht hatte.

Nach der Rede sprach Jon sein Trauversprechen und steckte dann seiner Braut den Ring an den Finger. Danach war Gabi an der Reihe.

Als die Ringe ausgetauscht waren, küsste Jon seine Braut, und spontan brandete begeisterter Applaus auf. Gläser, gefüllt mit Sekt, wurden gereicht, und das vermählte Brautpaar nahm die Glückwünsche der Gäste entgegen. Marten stimmte ein weiteres Lied an, und ich atmete tief durch, bevor ich zu Gabi ging.

„Meine herzlichsten Glückwünsche.“ Ich umarmte Gabi, die bereits das zweite Glas Sekt trank.

„Danke“, sagte sie beschwingt und drückte mich fest. „Bin ich froh, dass alles so reibungslos geklappt hat. Ich musste bei der Zeremonie immer daran denken, was alles hätte schiefgehen können."

„Ja, ja, ganz Hochzeitsplanerin eben", lachte ich.

Das Essen und die weiteren Feierlichkeiten fanden in dem Pfahlbau statt, der das Restaurant Muschelkiste beherbergte. Das Lokal war nur einen kurzen Fußmarsch von dem Trauungsort entfernt, sodass die Hochzeitsgäste dorthin liefen. Allen voran Gabi und Jon. Ich hielt mich im Hintergrund, wollte mit meinen Gefühlen und Gedanken einen Moment für mich sein. Aus irgendeinem Grund stimmte mich die Feierlichkeit schwermütig, was dazu führte, dass ich sofort ein schlechtes Gewissen bekam. Ich freute mich für meine Freundin, dennoch spürte ich eine gewisse Schwere in meiner Herzgegend.

„Jette?" Marten war neben mir aufgetaucht und riss mich aus meinen trüben Gedanken.

Ich griff mir reflexartig an den Brustkorb. „Hast du mich vielleicht erschreckt."

„Sorry, das wollte ich nicht."

„Schon gut."

„Kann ich dich mal kurz sprechen?“, fragte er.

„Klar. Was gibt es denn?“, fragte ich und schaute ihn dabei bewusst nicht an.

Wir blieben ein Stück hinter der Hochzeitsgesellschaft auf dem Deich zurück.

„Jette, ich werde das Gefühl nicht los, dass du mir aus dem Weg gehst“, kam er direkt zum Punkt. „Wenn ich was falsch gemacht habe, dann sag mir das bitte.“

„Du hast nichts falsch gemacht“, antwortete ich wage und wusste im gleichen Moment, dass er sich mit meiner lahmen Aussage nicht zufriedengeben würde.

„Aber was ist es dann?“, hakte er nach. „Ich dachte, dass das zwischen uns etwas Besonderes ist. Aber seit unserem gemeinsamen Frühstück am Strand bist du wieder auf Abstand gegangen.“

„Ich weiß, Marten, und das tut mir leid. Ich bin mir einfach nicht so sicher, ob es so eine gute Idee ist, Berufliches und Privates dermaßen zu vermischen. Ich habe das bisher immer strikt getrennt und bin damit gut gefahren.“ Ich wollte ihm nicht sagen, dass ich mich in ihn verliebt hatte und dass ich Angst vor einer weiteren Enttäuschung hatte. Daher schien es mir die sicherste Strategie, wenn ich unser berufliches Verhältnis ins Spiel brachte.

„Aber das muss doch nicht zwangsläufig ein Problem sein“, argumentierte er.

„Muss nicht, kann aber. Und darauf möchte ich es einfach nicht ankommen lassen“, sagte ich, ohne ihn dabei anzuschauen.

„Ich habe ganz stark das Gefühl, dass das nur die halbe Wahrheit ist“, ließ er nicht locker. „So einfach wirst du mich nicht los, Jette. Ich kann recht hartnäckig sein, weißt du?“ Damit ließ er mich stehen und schloss nun mit flottem Schritt zu Ocke auf, mit dem er ein Gespräch begann.

Ich folgte dem Tross als Letzte und fühlte mich hundeelend.

Auf der Holzveranda der Muschelkiste war eine lange Hochzeitstafel aufgebaut worden. Seitlich befand sich ein Buffet und auf einem extra Tisch die vierstöckige Hochzeitstorte, die Britta gebacken hatte. Neben jedem Teller lag eine kleine Speisekarte, auf der die Köstlichkeiten des Buffets aufgeführt waren.

„Wie schön sie gestaltet sind“, sagte Britta zu mir, neben der ich leicht geknickt saß. Sie las vor, was es zu essen gab: „Suppe: Karotten-Ingwersuppe mit gerösteten Mandelblättchen, am Tisch serviert, oder Krabbensuppe, dazu Baguette. Vorspeisen: Salate der Saison, eingelegte Oliven, Auberginen und Tomaten, Blätterteigtaschen mit Zucchini-Schafskäsefüllung. Hauptgang: Räucherfischauswahl, Makrelen- und Forellenfilet mit Apfel-Sahnemeerrettich, Kartoffellauchgratin, Nusstaler, Gemüse der Saison und hausgemachte Spätzle. Dessert: Mousse au chocolat, Pannacotta und Hochzeitstorte. Lecker!“, rief Britta voller Begeisterung.

Als sie merkte, dass ich nicht ganz bei der Sache war, legte sie die Speisekarte weg und wandte sich wieder mir zu. „Was ist denn los mit dir? Du siehst bedrückt aus.“

„Ach, es ist wegen Marten. Ich habe ihm vorhin gesagt, dass ich es bei einem rein beruflichen Verhältnis belassen möchte“, sagte ich und musste schlucken. Die Angelegenheit vor Britta laut auszusprechen, verursachte einen Kloß in meinem Hals.

„Du hast was?“

Ich nickte bloß. „Ihm gesagt, dass aus uns nichts wird."

„Aber ich dachte, zwischen euch hat es gefunkt", wunderte sie sich.

„Ja, hat es ja auch irgendwie, aber erstens will ich unsere berufliche Verbindung nicht gefährden, zweitens hat er eine Tochter mit seiner Ex und drittens habe ich einfach Angst, dass mir so was wie mit Klaas noch mal passiert. Kannst du das nicht wenigstens ein bisschen verstehen?", fragte ich sie.

Britta gab zwar zu, das nachvollziehen zu können, redete mir dann aber ins Gewissen. Ich wusste, dass sie recht hatte. Ich musste den Sprung wagen, sonst würde ich nie wieder eine glückliche Beziehung haben.

„Wo ist Marten eigentlich?", beendete sie ihren Monolog.

„Der steht mit Ocke da drüben am Buffet." Ich zeigte auf die Theke neben dem Buffet, an der es unter anderem frisch gezapftes Bier vom Fass gab.

„Ich gehe auch mal zum Buffet", sagte sie zu mir. „Soll ich dir etwas mitbringen?"

„Nein, danke", antwortete ich.

Britta steuerte auf Marten und Ocke zu und unterhielt sich mit den beiden angeregt. Ich blieb zurück und aß meine Suppe.

Nach dem Essen fragte mich Britta, ob ich Lust hätte, mir die Füße zu vertreten. Die unmittelbare Nähe zum Strand lud förmlich zu einem kleinen Spaziergang ein.

„Das war eine richtig gute Idee", sagte ich, als wir auf den Pfahlbau der Badeaufsicht zuliefen. Ich hatte beschlossen, nicht weiter Trübsal zu blasen. Die Situation war jetzt so, ich wollte mir den Tag von Gabis Hochzeit nicht durch mein blödes Verhalten kaputt machen lassen. Wir waren an dem Pfahlbau der Schwimmaufsicht angelangt, als Gabi mich plötzlich verschwörerisch angrinste. Ich schaute sie verwirrt an, aber sie zeigte nur wortlos Richtung Düne. „Guck mal, wer da vorne steht." Wir gingen auf die Düne zu, und ich sah Marten zwischen brennenden Fackeln stehen. Er hatte seine Gitarre umgeschnallt, und es klangen die ersten Töne von *Wouldn't it be nice* von den Beach Boys. Den Song hatten wir damals gemeinsam gehört, als Marten mich in seinem Auto mitgenommen hatte.

Er kam auf mich zu und sang die Zeilen, die mein Herz zum Schmelzen brachten.

Die Sonne stand schon tief über dem Meer, als die letzten Töne des Liedes verklungen waren und Marten meine Hände in seine nahm. „Jette, gib uns eine Chance. Du bist die Frau, mit der ich zusammen sein möchte. Ich habe mich sofort in dich verliebt, als ich dich das erste Mal gesehen habe." Marten schaute mir dabei direkt in die Augen.

Ich stand bewegungslos vor ihm. Mein Herz klopfte so stark, dass ich glaubte, es würde jeden Moment meinen Brustkorb zum Bersten bringen. Ich brachte keinen Ton über meine Lippen. Kurz sah ich mich nach Britta um, aber sie war verschwunden. Tränen kullerten mir nun über das Gesicht. „Wow, Marten, ich weiß gar nicht, was ich sagen soll. Du haust mich immer wieder vom Hocker. Was für eine tolle Überraschung!"

Ich lächelte ihn an und wischte gerührt die Tränen mit meinem Handrücken weg, dann griff ich nach Martens Händen und küsste ihn stürmisch. Er schlang seine Arme um mich und hielt mich ganz fest. Manchmal waren Worte auch überflüssig.

Nachdem wir uns ein bisschen Zeit zu zweit gegönnt hatten, gingen wir Arm in Arm zurück zur Hochzeitsparty. „Du bist wirklich der romantischste Mann, den ich je kennengelernt habe“, sagte ich immer noch ein bisschen perplex aufgrund der sensationellen Überraschung, die er mir bereitet hatte. Mittlerweile hatten wir die Muschelkiste fast wieder erreicht.

„Ja, ich finde auch, dass du ein ganz schöner Glückspilz bist“, antwortete er und lächelte mich mit seinem umwerfenden schiefen Lächeln an.

Ich grinste und spürte wieder, wie es zwischen uns knisterte.

„Wir sind ein gutes Team“, stellte er fest und schaute mir dabei direkt in die Augen.

Ich nickte und wich seinem Blick aus. „Sind wir.“

„Beruflich und privat“, fügte er hinzu.

Auf den Holztreppen erklang eiliges Fußgetrappel. Wir schauten auf, Petter Grube und meine Tante Gertrud liefen eiligen Schrittes die Stufen herunter.

„Was habt ihr es denn so eilig?“, fragte ich verwundert.

„Die Pflicht ruft. Ein überraschender Todesfall im

Dorf. Gerade kam der Anruf auf dem Handy“, klärte mich Tante Gertrud auf. „Und ich bin in Hochzeitsmontur. Muss mich ganz schnell umziehen. So kann ich da nicht aufkreuzen.“

„Oh! Dann lasst euch mal nicht aufhalten.“ Sie verabschiedeten sich noch kurz bei uns und liefen dann im Eilschritt den Holzsteg entlang.

„Ein seltsames Paar, deine Tante und ihr Lover“, meinte Marten.

„Äh … ja. Aber irgendwie passen sie auch zusammen.“

Marten schüttelte belustigt den Kopf. „Wie Bonnie und Clyde.“

„Oder Harold und Maude“, fand ich.

„Wie auch immer“, befand Marten, drückte mich sanft an einen Pfahl und küsste mich leidenschaftlich. Was war ich doch für ein Glückspilz! Marten hatte ganz recht.

Epilog

Zwei Jahre danach

Wir warteten vor dem Westerhever Leuchtturm auf die nächste Pferdekutsche. Das warme Sommerwetter hatte sich endgültig verabschiedet. Kräftige Windböen bliesen über die Salzwiesenlandschaft und wehten salzige Luft vom Meer herüber. Am Himmel zogen Wolken im flotten Tempo vorüber. Es war Ende September geworden und die Hochzeitssaison neigte sich bereits dem Ende zu. Mit der letzten Kutsche waren die Standesbeamtin Edda Müller, meine Eltern und fünf weitere Gäste abgefahren. Doch sie waren schon lange aus unserem Sichtfeld verschwunden.

„Ich kann es immer noch nicht glauben, dass sie es tatsächlich getan haben." Ich schüttelte den Kopf. Es erschien mir unwirklich, als hätte ich die Trauung bloß geträumt. „Wer hätte das gedacht? Ich meine, nach so langer Zeit? Nach all den Jahren?“

„Mir war sofort klar, als ich Britta und Ocke das erste Mal gesehen habe, dass da etwas zwischen den beiden ist“, entgegnete Marten abgeklärt.

„Jaaa … du!“ Ich verdrehte die Augen gen Himmel und musste grinsen. Das war wieder typisch für ihn.

„Ja, ich.“ Seinen Mund umspielte ein spitzbübisches Lächeln. Das war immer so, wenn er sich diebisch darüber freute, mal wieder recht behalten zu haben. Und das kam nicht selten vor.

„Du bist ein wandelndes Orakel. Vielleicht solltest du mit dieser Spezialfähigkeit im Fernsehen auftreten“, schlug ich vor.

„Du meinst bei einem Astro-Sender? Und dann Hausfrauen vorhersagen, dass das Waschmittel oder das Dosenfutter für Fiffi in der nächsten Woche im Angebot ist?“

„Spinner!“ Ich musste lachen. „Du könntest aber mal sagen, wann die nächste Kutsche kommt, du Orakel. So langsam wird’s kalt.“

„Die wird in ein paar Minuten hier sein. Da vorne kommt sie nämlich schon.“

In der Ferne näherte sich ein Fuhrwerk, das bald vor uns hielt und uns bis zu unserem Auto brachte.

Die Hochzeitsfeier fand im Hotel Fischerkoje statt. Eine Vier-Sterne-Bleibe in der Nähe der langen Seebrücke im Ortsteil Bad von St. Peter-Ording, die seit ungefähr zwei Jahren von Klaas geleitet wurde. Er hatte es sich nicht nehmen lassen für seinen besten Freund Ocke die Hochzeitsfeier auszurichten. Schließlich war Klaas Ockes Trauzeuge, und ich war Brittas Trauzeugin.

Marten und ich kamen als letzte Gäste im Hotel Fischerkoje an, und kurz nachdem wir uns auf unsere Plätze neben Gabi und Jon gesetzt hatten, wurde bereits die Hochzeitstorte angeschnitten. Ocke hatte die Torte für seine eigene Hochzeit selbst gebacken. „Wer weiß, was da sonst kommt und ob die uns dann überhaupt schmeckt. So weiß ich wenigstens, was ich habe“, war seine Begründung gewesen. Und auch Marten hatte sich nicht lumpen lassen und in dem eigens für Trauungen ausgestatteten Raum auf der vierten Plattform des Westerhever Leuchtturms die Eheschließung musikalisch begleitet. Unter den Gästen der Hochzeitsfeier waren auch Isabel und Sebastian van Dijk. Nachdem das Promi-Pärchen die Hochzeits-Doku abgesagt hatte, hatten sich beide in aller Abgeschiedenheit das Ja-Wort gegeben, ohne Presse oder jeglichen anderen Medienrummel. Isabel hatte die Eheschließung selbst organisiert und nur im engsten Familienkreis stattfinden lassen. Lange Zeit hatte das die Öffentlichkeit überhaupt nicht mitbekommen.

Nachdem ausgiebig gegessen und getrunken worden war, packten Britta und Ocke ihre Hochzeitsgeschenke aus und eröffneten danach die Tanzfläche feierlich mit einem Walzer, wonach Brittas Tochter darauf bestand, dass Ocke auch mit ihr eine Runde übers Parkett schwebte, denn irgendwie hatte er sie ja auch ein kleines bisschen mitgeheiratet, wie sie fand.

Die Zeit verging wie im Flug, bald begann es draußen zu dämmern, und die Lichter auf der Terrasse vor dem Hotel leuchteten auf. Um Mitternacht war ein spezielles Hochzeitsfeuerwerk geplant, was Klaas dem Paar zusätzlich geschenkt hatte.

Es war kurz vor Mitternacht, und ich war zur Bar gegangen, um für mich und Gabi einen Sekt zu holen.

„Jetzt sind alle verheiratet, nur du noch nicht, Henrijette", erklang Tante Gertruds Stimme leicht tadelnd neben mir.

„Was soll ich dazu sagen, Tante Gertrud?", fragte ich sie. „Es ist nun mal, wie es ist. Vielleicht ist es sogar besser so. Denk mal daran zurück, was mir damals mit Klaas passiert ist."

„Jaaaa, mit Klaas", sagte sie gedehnt. „Als ob er ein Maßstab ist. Marten scheint mir die bessere Wahl zu sein. Ich hatte da gleich so ein Gefühl, als ich ihn das erste Mal gesehen habe."

Ich griff nach zwei Gläsern. „Du und Petter Grube, ihr seid ja auch nicht verheiratet", erwiderte ich.

„Dann erinnere dich mal daran, wie oft ich in meinem Leben schon verheiratet gewesen bin."

„Einige Male."

„Richtig. Und was ist geschehen?", fragte sie mich und wartete wie immer meine Antwort nicht ab. „Ich habe alle meine Männer unter die Erde gebracht. Und das Schicksal möchte ich Petter Grube ersparen."

Ich nippte an meinem Sekt. „Verständlich."

„Wir bringen lieber fremde Leute gemeinsam unter die Erde", erklärte Tante Gertrud sachlich.

Fast hätte ich mich verschluckt. „Und das mit Erfolg.“

Britta kam zu uns. „Jette, da vorne liegt noch ein Geschenk für dich“, sagte sie und zeigte zu dem Tisch, auf dem vorher ihre und Ockes Hochzeitsgeschenke gelegen hatten.

Ich zog irritiert die Augenbrauen hoch. „Ein Geschenk? Für mich? Aber ich habe doch gar nicht geheiratet oder Geburtstag.“

„Es steht aber dein Name drauf“, sagte Britta verschwörerisch. „Nun geh schon und mache es auf.“

Ich ging zu dem Tisch und klappte das Kärtchen auf, das an dem flachen Paket angebracht war. *Für Jette*, stand da in geschwungenen Buchstaben. Ich schüttelte ungläubig den Kopf. Wer kam denn auf die Idee, mir ein Geschenk zu machen, wenn Britta und Ocke heirateten?

„Was ist es denn?“ Britta schaute mir neugierig über die Schulter.

„Das möchte ich auch gern wissen“, stimmte Tante Gertrud mit ein, die mir von der anderen Seite über die Schulter blickte.

„Eigentlich wollte ich Gabi ein Glas Sekt bringen“, versuchte ich abzulenken. Ich wollte das Geschenk nicht unter Beobachtung öffnen. Ich hatte das Gefühl, ich sollte es lieber allein tun.

„Das kann ich ihr bringen“, schlug Britta vor. „Sonst verpasse ich gleich noch das Feuerwerk“, sagte sie und ging mit dem Sektglas zur Terrasse, wo Gabi stand.

„Und ich werde mal zu Petter gehen. Das kann ja noch ewig dauern, bis du dein Geschenk ausgepackt hast“, meinte Tante Gertrud.

Ich war wieder allein und drehte das Päckchen hin und her.

„Was hältst du denn da in der Hand?“, fragte Marten neugierig, der unbemerkt zu mir gekommen war.

„Keine Ahnung. Auf dem Päckchen steht mein Name.“

„Dann schau doch mal, was drin ist“, schlug er vor.

Ich löste die Klebestreifen und faltete das Packpapier auseinander. „Notenblätter“, sagte ich verdutzt. Ich ging mit den Notenblättern zu einer Lampe, die auf einer Fensterbank stand, um besser sehen zu können, um welches Musikstück es sich handelte. Als der Lichtschein auf die Papiere fiel, konnte ich den Text erkennen, der auf dem ersten Blatt stand: *SAG JA! Von Marten Smid*

Marten schaute mir direkt in die Augen. Eine warme Woge aus purem Glück durchflutete mich.

„Was sagst du?", fragte er heiser. „Den Song habe ich extra für dich geschrieben."

„Ja", flüsterte ich so leise, dass es kaum mehr als ein Wispern war.

Marten starrte mich an, und dann breitete sich ein Lächeln auf seinem Gesicht aus. Er nahm mich in die Arme und küsste mich. Als wir uns voneinander lösten, schossen die ersten Raketen in den Himmel. Wir gingen auf die Terrasse und sahen uns das spektakuläre Feuerwerk an. Marten hatte mich von hinten fest umschlungen, und ich drückte die Notenblätter glücklich an mich.

„Was war denn in dem Paket?", fragte Tante Gertrud, die plötzlich wieder neben mir stand.

Ich zeigte ihr mein Geschenk.

„Kann ich nicht erkennen, Moment." Sie holte ihre Brille aus ihrer Handtasche und beäugte dann die Notenblätter. Ein zufriedenes Lächeln erschien auf ihrem

Gesicht. „Marten Smid. Ich wusste es gleich. Der richtige Mann für dich zum Heiraten, Henrijette." Tante Gertrud streichelte mit ihrem Handrücken über meine Wange. „Der Mensch kann alles kontrollieren. Außer sein Herz."

Dann ging sie wieder zu Petter Grube, bevor ich etwas erwidern konnte. Vermutlich um wie immer das letzte Wort zu haben.

Ich drückte mich noch fester in Martens Arme und schaute in den Himmel, wo eine silberne Feuerschrift erschien:

Good vibes happen on the tides

– ENDE –

Danksagung

Wieder ist keine Zeit mehr für ein ausgeklügeltes Schlusswort (so ein Mist, dabei hatte ich das doch so fest eingeplant). Dieses Mal bin ich so spät dran, so spät war meine Manuskriptabgabe noch nie. Danken möchte ich zuerst all den wunderbaren Verlagsmitarbeitern von HarperCollins Germany, die dafür gesorgt haben, dass meine St.-Peter-Ording-Romane ein so liebevolles Buch-Zuhause gefunden haben.

Ein herzliches Dankeschön an meine wunderbare Lektorin Friderike Baum. Danke für deine Gelassenheit und deine Geduld, sowie deine klugen Anmerkungen, durch die meine Bücher stets gewinnen und zu dem werden, was zum Schluss in den Buchläden liegt.

Danke an Jasmin Strauß für die wunderbare Pressearbeit und dein stets offenes Ohr.

Ein großer Dank geht wie immer an meine Eltern. Ich

bin froh, dass ich euch habe und ihr stets jede meiner verrückten Ideen unterstützt habt!

Danke schön, liebe Kerstin, für eine langjährige und großartige Freundschaft, durch dick und dünn, mit Höhen und Tiefen, mit viel Verständnis und Verstand und vor allem aber mit dem Herzen immer am rechten Fleck.

Einen lieben Dank an meinen Kanalkapitän. Danke für deinen Humor, dein Dasein, dein Bauchgefühl (Nachwuchs-Orakel in Ausbildung), deinen festen Glauben an mich, deine aufbauenden Worte, dass wir uns streiten, aber auch wieder vertragen können und du selbst bei starkem Seegang nicht schwankst.

Vielen Dank, liebe Jenni, für stundenlange Gespräche über Gott und die Welt und dafür, dass wir uns so gut verstehen. Es wird höchste Zeit, dass du wieder zurück in die Heimat kommst!

Danke an Martina für deinen Rat und direkte Worte zur rechten Zeit und die sich immer wiederholende Frage: „Wie viele Seiten hast du heute schon geschrieben?"

Lieben Dank an Peggy und viel Spaß mit dem Buch im Sommer in deinem Garten.

Danke, Christiane, für deinen Blick über den Atlantik

und darüber hinaus. Schön, dass wir uns kennenlernen durften!

Und zum Schluss einen Riesendank an all die Leserinnen und Leser, die meinen Büchern einen Platz in ihrem Bücherregal, auf ihrem Nachttisch oder im Strandkorb gegeben haben. Danke für eure Begeisterung für meine Geschichten und eure vielen Nachrichten, in denen ihr immer fragt, wann denn der nächste St.-Peter-Ording-Roman endlich erscheint.

Wir sehen uns. Irgendwo. Aber ganz bestimmt am schönsten Strand der Welt – in St. Peter-Ording.

Tanja Janz im Februar 2017

P.S.: Den Song zum Buch SAG JA! gibt es übrigens wirklich!
Er stammt von Samuel Anthes und ist auf dem E-Book sowie dem Hörbuch von „Mit dir auf Düne sieben“ enthalten oder auch hier als Download verfügbar:

https://www.harpercollins.de/
http://www.samuel-anthes.de/

Tanja Janz

Strandperlen

Tschüs, St. Peter-Ording – Tante Lilo, nicht mehr ganz frische 70, muss aus Gesundheitsgründen in wärmere Gefilde ziehen. Aber was wird nun aus ihrer geliebten Strandperle? Entschlossen vermacht sie das Unternehmen ihren zwei Nichten Insa und Stephanie. Zwei gestandene Frauen, die sich nur vom Hörensagen kennen ... Für Insa ist der Nordseeort eine willkommene Abwechslung zum Schnellimbiss in Gelsenkirchen, für Stephanie die perfekte Fluchtmöglichkeit von ihrem betrügerischen Ehemann in Düsseldorf. Doch kaum erreichen sie ihr Erbe, knirscht der Sand im Getriebe ihrer Hoffnung! Denn statt einer schnuckligen Strandpension hat ihnen Tante Lilo einen heruntergewirtschafteten Campingplatz vermacht. Watt für ein Sommer am Meer ...

ISBN: 978-3-95649-181-8
9,99 € (D)

Originalausgabe

Tanja Janz
Krabbe mit Rettungsring

ISBN: 978-3-95649-568-7
9,99 € (D)

War es wirkliche eine gute Idee, an einer Abnehm-Show teilzunehmen? Das fragt sich Mittdreißigerin Nina, als sie in Seenot im kalten Wasser vor St. Peter-Ording treibt. Und das nur, weil ihre blöde Weight Fight-Kollegin Silke mit den Katzenfoto-Shirts ihre Surfkünste maßlos überschätzt hat. Können Nina und ihr Team nun noch gewinnen? Und warum muss ausgerechnet Rettungsschwimmer Veit sie aus dem Meer fischen, der die Abnehmer abschätzig „Krabben mit Rettungsring" nennt? Ja, sie sind alle füllig und sie haben vielleicht zu lange in der Sonne gebrutzelt. Aber sie wird es ihm und allen anderen zeigen - zusammen mit Silke, Paul und Edwin, der besten Abnehmtruppe der Welt.

Originalausgabe

Tanja Janz

Friesenherzen und Winterzauber

Die Hamburgerin Ellen muss vor ihrem Liebeskummer fliehen. Wie soll die Autorin da bloß für ihr neues Buch in Romantik schwelgen? Auf nach St. Peter Ording. Sofort ist sie verzaubert von den vereisten Salzwiesen, der Weite des Strandes und dem gemütlichsten Teeladen der Welt. Und von einem geheimnisvollen Briefkasten neben dem alten Leuchtturm. Ihm vertraut sie einen Brief mit ihren Gefühlen an. Was sie nie erwartet hätte: Am nächsten Tag erhält sie eine Antwort ...

ISBN: 978-3-95649-654-7

9,99 € (D)

Originalausgabe

Cathrin Möller
Mordsacker

ISBN: 978-3-95649-681-3
9,99 € (D)

Tragische Umstände haben Klara Himmel samt Familie ins mecklenburgische Mordsacker verschlagen. Doch hier liegt nicht nur der sprichwörtliche Hund begraben! Während die chaotische Großstädterin sich noch als brave Hausfrau versucht – und schon an einem simplen Käsekuchen scheitert – wird ihr Mann, der neue Dorfpolizist, zu seinem ersten Fall gerufen: Bauer Schlönkamp liegt tot in der Güllegrube. Leider erkrankt Klaras Göttergatte und sie wittert ihre große Chance auf etwas Nervenkitzel. Kurzerhand ermittelt Klara auf eigene Faust und bringt dabei nicht nur die dunkelsten Geheimnisse der verschworenen Dorfgemeinschaft zutage sondern schon bald sich selbst in Lebensgefahr ...